# 乱れる交番女子

◆◆◆

八神淳一

Junichi Yagami



紅文庫

# 目次

装幀　遠藤智子

# 乱れる交番女子

# 第一章　隣の未亡人巡査長

## 1

「きゃあ」

という女性の悲鳴が聞こえた。と同時に、横を若い女性が駆けていく。そのあとから、鬼の形相をした男が追いかけてくる。

男が女に追いついた。うしろからタックルをかけて、アスファルトに押し倒した。男は女のスカートをたくしあげる。白いナマ足があらわれる。

住宅街の路地だった。

「助けてっ」

という女の叫びを聞き、高橋拓也《たかはしたくや》は駆け出した。

男がさらにスカートをたくしあげ、ヒップに貼《は》りつく淡いピンクのパンティを引き剝《は》がそうとしていた。

「やめろっ」

と叫び、背後から男の背中に抱きついていった。

最初からうなじにでも跳び蹴《げ》りを食らわせればよかったのだが、ためらいが出ていた。

「邪魔するなっ」

と、男は構わず、女のパンティを剝いでいく。ぷりっと張ったヒップが、太陽の下、まる出しとなる。

拓也は男を引き離そうとするが、まったく動かない。

丸太のような太い腕を振りまわしてくる。それが拓也の頰《ほお》に当たり、ぐえっとひっくり返る。

男が女のヒップの狭間《はざま》に手を入れようとする。

「やめろ……」

と、拓也は起きあがり、男の首に背後から腕をまわした。ぐいぐい絞める。

「邪魔するなっ」

と、男がこちらを向いた。首を絞めていたが、まったく利いていなかった。パンチを頰にぶちこんでくる。拓也はもろに食らい、またもひっくり返る。

男が拓也の身体に馬乗りとなった。そして、あごをつかむと、またもパンチを振り下ろそうとしてきた。

　顔がぐちゃぐちゃになるっ、と思った瞬間、拓也の目の前を女が通過した。

　次の瞬間、ぐえっ、と男がひっくり返った。

　いったいなにが起こったのか、にわかにはわからなかった。

　上体を起こすと、仰向けに倒れた男に馬乗りになり、女が顔面にパンチを食らわせていた。

「玲奈《れな》さんっ、そこまででっ」

　と、もうひとりあらわれた女が、馬乗りの女の腕をつかんだ。

「確保しなさいっ」

　と、玲奈と言われた女が命じ、はいっ、ともうひとりの女が手錠を出し、すでに伸びている男の両腕をつかむと、交叉《こうさ》させた手首にわっかをはめた。

「確保っ」

　と、女が大声をあげ、よし、と玲奈がうなずいた。

　ここでやっと、ふたりが婦人警官だとわかった。

　玲奈がこちらにやってきた。上体を起こしただけの拓也の前にしゃがみ、

「大丈夫ですか」

と聞いてくる。そして、顔を寄せてくる。

そのとき、玲奈が類希《たぐいまれ》なる美貌《びぼう》であることに気がついた。女優と言っても、誰も疑わないだろう。

玲奈が手を伸ばし、拓也の頬を撫《な》でている。

「痛っ……」

「腫《は》れていますね」

と言いつつ、玲奈が拓也の頬を撫でている。

「そ、そうですか……」

玲奈は紺の帽子をかぶり、淡いブルーの長袖《ながそで》のブラウスを着ていた。

きりっとした眼差《まなざ》しが印象的な美人で、婦警の制服がとても似合っていた。

拓也は婦警に見惚《みと》れてしまっていた。

「お名前は？」

「えっ……ああ、高橋拓也といいます」

「高橋さん、検挙にご協力、感謝します」

「ああ、はい……」

玲奈がにこっと笑い、拓也は雷に打たれていた。

「N市Z町三の五の一の、ハイツパリ二〇三号室」

拓也は派出所にいた。

奥の部屋で、机を挟んで玲奈と向かい合っていた。

「えっ、ハイツパリの二〇三号室なのっ」

「はい……」

「お隣ですねっ」

と、玲奈に言われ、えっ、と拓也は大声をあげた。

「私、二〇二号室に住んでいるんですよっ」

玲奈が微笑《ほほえ》みながら、そう言う。

拓也は今日、ハイツパリに越してきたばかりだった。商店街に向かっている途中で、発情しきった強姦魔《ごうかん》に遭遇し、今に至るわけである。

拓也は書類に年齢を書く。事情を聞くための書類だ。

「あら、二十八歳ね。ちょうどいいわね」

と、玲奈が言う。

ちょうどいい？

と、玲奈を見やる。

玲奈は自分を指さし、拓也を指さす。

カップルとしてちょうどいい年齢ということかっ。うそだろうっ。この町に越してきて、いきなりの彼女かっ。

拓也は二十八になるまで、彼女がいなかった。彼女いない歴年齢というやつだ。とうぜん、童貞ということになる。まさか、社会人になっても女性に縁がないとは、中学生の頃は想像してもいなかった。

失礼します、ともうひとりの婦警が入ってきた。

拓也の脇にしゃがみ、顔をのぞきこんでくる。

かわいい。アイドルのようだ。玲奈は女優のような美形だが、この婦警は大きな目がくるくるしていて、かわいらしい。

「ちょっと冷やしますね」

看護師のようなことを言い、氷を包んだ濡れタオルを、拓也の頬に当ててくる。

普通ならここで、持っていてください、と離れるのだろうが、この婦警はずっと当ててくれている。

会社員と職業を書く。うんうん、と玲奈がうなずいている。

事情聴取ではなく、なんか見合いの場に来ているようだ。

ドアがまたノックされた。はい、と玲奈が声をかけると、ドアが開き、今度はスーツ姿の女性が入ってきた。

「あっ、津島《つしま》警部補っ」

と、愛らしい婦警があわてて立ちあがる。玲奈はそのままだ。

「豪田《ごうだ》を引き取りに来たわ」

と、津島警部補が言う。これまた、はっと目を引く美貌の婦警だ。紺のジャケットに白のブラウス、そして紺のパンツスタイルだ。

玲奈より上のようで、三十はすぎているだろう。大人の女の色気を感じた。

「こちらが確保に協力してくださった、高橋さんです」

と、玲奈が津島に言い、

「ありがとうございます」

と、津島が礼を言う。

「豪田は指名手配中の連続強姦魔で、すでに五人の被害者がいるんです。こうして白昼堂々と女性を襲うのが特徴で、やっと検挙できて、ホッとしています」

「菜々美《ななみ》、ご案内してあげて」

と、玲奈が言い、菜々美と呼ばれたかわいらしい婦警から、濡れタオルを受け取る。

この婦警、菜々美って言うんだ。

津島警部補と菜々美が出ていった。今度は正面から伸ばした手で、濡れタオルを押しつけられている。

もう感激で、頬の痛みはなくなっていた。

「本格的な取り調べは、県警本部でやるの」

「そうなんですね」

「高橋さんのおかげで、指名手配犯を捕まえられて、うちの交番の点数もあがったわ」

「そうですか」

「やっぱり、有給とか取りやすくなるのよ」

と言って、舌を出す。

「そんなものなんですね」

「公務員とはいっても、実績は大事よね」

「なるほど」

とにかく目の前の美人が喜んでくれているのが、拓也にとっても喜びだった。

しかも、隣の住人なのだ。

「前の方が越してから、しばらく空いていたから、どんな方が越してくるのかな、と思っていたの」

そう言って、じっと拓也を見つめている。こんな距離で、一対一で美人に見つめられたことがない拓也は、もしかして、この美人は俺に気があるんじゃないか、と勘違いしてしまいそうになる。

「高橋さんのような頼もしい方が、お隣でよかったわ」

と、玲奈が言った。

2

拓也はベランダにいた。ハイツパリはちょっとした高台にあり、アパートでありながら、ベランダからの眺めがよい。そこが気に入って、この部屋に決めた。

夜景がきれいだ。今夜は風が強い。隣でがたがたと音がする。

なんだろう、と身を乗り出して、隣を見た。するといきなり、干してあるランジェリーが見えた。

あっ、玲奈さんのブラにパンティだっ。

赤、黒、白のオールレース、それに紫なんかもある。ごく普通の綿のパンティらしきものはなかった。

ということは、さっきも、こういったパンティを穿《は》いて、拓也に事情を聴いていたのか。

風が強く吹き、ランジェリーを干しているハンガーが大きく揺れた。

紫のパンティが洗濯ばさみからはずれ、宙を舞った。まずいっ、と思いっきり手を伸ばすと、風の加減か、こちらに飛んできた。

うまくキャッチできた瞬間、隣のベランダの窓が開き、バスタオルを身体に巻いた玲奈が出てきた。

無言のまま、さっと身体を引けばよかったのだが、バスタオル姿があまりにセクシーだったので、思わず、

「あっ」

と、声をあげてしまった。

玲奈が驚き、こちらを見た。

「こ、こんばんは……」

と、拓也は思わず挨拶《あいさつ》をする。が、玲奈の目は拓也の顔ではなく、手の先に向いていた。そこで、拓也は玲奈のパンティをつかんでいることに思い至った。

まずいっ、と反射的にパンティを持つ手を隠してしまう。

これがまたいけなかった。

「今、なに隠したのっ」

「いや、なにも隠してません」

「うそっ、パンティでしょう。私のパンティよね」

「いや、違いますっ」

「高橋さん、いい人だと思っていたのに、まさかそんな人だなんて。今すぐそっちに行くから、逃げないでっ」

玲奈は拓也を指さすと、引っこんだ。

まずいっとあせっていると、すぐにチャイムが鳴った。なにせ、隣なのだ。

はいっ、と玄関のドアを開く。すると玲奈が立っていたが、バスタオルで身体を巻いたままの姿だった。長い黒髪は濡れていて、背中に流している。その洗い髪がなんともセクシーだ。

しかも胸もとは高く張り、その魅惑のふくらみの半分近くが露出していた。

昼間、婦警姿を見ているだけに、裸同然の姿に拓也は昂《たかぶ》っていた。

「パンティ、返して」

「すみません……あの、違うんです。誤解なんです」

「なにが誤解なのかしら」

玲奈は美しい瞳で、まっすぐ見つめている。

私がやりましたっ、とありもしない罪を認めてしまいそうだ。

「だから、その、盗んだんじゃなくて……その、飛んできたんです」

「えっ……」

「だから、飛んできたのを、キャッチしたんです」

「よく、そんな都合がいいうそを警察官相手につけるわね」

玲奈がきりっとにらみつける。

やっぱり、申し訳ありませんでしたっ、と土下座しようか、と思ってしまう。

「本当なんですっ。信じてくださいっ」

拓也はすでに半泣きになっていた。

「明日、会社休みなさい」

「えっ、逮捕するんですかっ」

「いいから休みなさい。わかったわね」

ほら、出して、と玲奈が手を伸ばしてくる。

また、拓也の視線は半分あらわなバストのふくらみに向かう。こんな最悪なときなのに、おっぱいでかいな、と思ってしまう。

拓也が身体のうしろにずっと隠していた右手を出す。紫のパンティをしっかりと握りしめている。

「出して」

「誤解なんです」

涙をにじませながら、拓也は玲奈にパンティを渡した。

「明日の午後二時、私服で派出所に来て。スーツはだめ。今日のような、ふだん着ね」

そう言うと、玲奈は背中を向けて、去っていった。

「えっ……私服で派出所って……あの……」

身を乗り出し、隣を見たが、すでに玲奈は自室に戻っていた。

石鹸《せっけん》の薫りが拓也の鼻孔をかすめ、残り香をくんくん嗅《か》いでいた。

それから翌日の午後二時まで、拓也は悶々《もんもん》とした時間を過ごした。

有給休暇は簡単に取れた。今は仕事的には閑散期で、この時期に有給を取る社員が多かったのが助かった。

仕事の問題はなかったが、ランジェリーのことが気になった。まさか、逮捕ということはないだろうが、どうして今日の二時に派出所に呼ぶのか、まったくわからなかった。

まさかデート、と一ミリくらいは期待した。

二時五分前に派出所に行くと、パトカーが一台止まっていた。こんにちは、と中に入ると、玲奈と菜々美だけではなく、津島警部補もいた。

拓也の顔を見るとすぐに、

「ごめんなさいね、人がいなくて。でも、大丈夫。危ないことはないから」

津島警部補がそう言った。

「えっ、なんのことですか」

「あら、永尾《ながお》巡査長、話していないのね」

「話すと、断られると思って」

「なるほどね。とにかく頼むわよ」

と言うと、津島警部補は出ていった。

「あの、話が見えないんですけど」

「デートよ。私のデートの相手をしてほしいの」

「えっ」

一ミリの期待が現実となるのか。いや、ありえない。デートだと騙《だま》して、逮捕するのか。話すと断られると思って、と玲奈が言っているではないか。俺が玲奈のデートの誘いを断ることは絶対ない。

でも逮捕するなら、とっくの昔に逮捕しているはずだ。

「今から着がえるから、待ってて」

玲奈は拓也に向かってウインクすると、奥へと消えた。

「あの、デートって……」

と、拓也は菜々美に聞く。

あらためて見ると、やはりかわいい。かわいすぎる。

「がんばってください、高橋さん」

と、菜々美は両手に握り拳《こぶし》を作り、がんば、と動かす。それがまた、かわいい。

ふたりきりになると、なにを話していいのかわからない。まあ、婦警に話しかける必要はないのだが、こんなにかわいい子と話せる機会なんて、アイドルの握手会くらいしかないから、なにか話さないともったいない、と思ってしまう。

結局、なにも話せず、玲奈が着がえてきた。

「お待たせ」

「あっ……」

まったく見違えていた。すでに制服姿に、バスタオル姿を見ていたが、私服姿はまた違っていた。

玲奈はノースリーブの白のブラウスに、黒のスカート姿だった。膝丈《ひざたけ》くらいで、ナマのふくらはぎが見えている。

ブラウスの胸もとは高く張り出し、やっぱりでかいよな、と思った。

漆黒の長い髪はアップにまとめていた。

「どうかしら」

「素敵です、玲奈さんっ」

菜々美はふだんでもきらきらさせている大きな瞳を、さらにきらきらさせて、うっとりと先輩婦警の私服姿を見ている。

「じゃあ、現場に行くから、送って」

と、玲奈が言い、はいっ、と菜々美が出ていく。

現場……。

およそ、デートには似つかわしくない言葉だ。いやな予感がしたが、逮捕ではないようだ。いずれにしても私服姿の玲奈としばらく過ごせそうなのがうれしい。

クラクションの音がした。

「行くわよ」

そう言うと、玲奈が颯爽《さっそう》と出ていく。あとに従うと、ミニパトが止まっていた。

まさか、これに乗って現場とやらに向かうのか。

玲奈が後部座席のドアを開いて、どうぞ、と勧める。

「頭、ぶつけないでね」

と、玲奈が言う。捕まった容疑者がパトカーに乗るとき、よく刑事が容疑者の頭を押さえているシーンを思い出す。

拓也は頭を下げて、ミニパトに乗った。すぐに玲奈も乗りこんできて、隣に座る。すると、甘い匂いが薫ってきた。

これは玲奈の匂いだっ。

勤務中だから香水はつけていないはずだ。二の腕をあらわにさせているぶん、白い肌から薫ってきているのだ。腋《わき》の下からかもしれない。

ああ、なんていい匂いなんだ。

大人の女性らしく、股間にびんびん来る匂いだ。

ミニパトに乗っていると、やっぱり連行されているような気になる。連行されつつも、婦警の匂いに股間を疼《うず》かせている容疑者だ。

「彼女は沢口《さわぐち》菜々美巡査。大学を出て、今年警察官になったばかりの新人なの」

「よろしくおねがいします」

運転しつつ、菜々美がそう言う。ということは二十二歳か。

「私は永尾玲奈巡査長。デートのときは、玲奈って呼んで。私も拓也さんって、呼ぶから」

「は、はい……」

女性に下の名前を呼ばれ、ドキンとする。思えば、中学生以降、女性に下の名前で呼ばれた記憶がない。たまに会う親戚《しんせき》くらいか。

実質はじめてだ。拓也は感激していた。どこに連行されるかわからないが、拓也は胸を熱くさせていた。

「それでね、もうすぐ繁華街に着くけど、そこから尾行するの」

「尾行、ですか……」

「そう。相手はヤクの売人で、女にヤクを打って、性奴隷にして売りさばいている容疑がかかっているの」

「せい、どれいっ」

まさか、そんな言葉を女性の口から耳にするとは思わなかった。

拓也はそれだけで興奮していた。

「そう。最低な男なの。その男が今日、新しい女性と接触する情報を得て、女性にヤクを使った直後に捕まえたいの。できれば、性奴隷にしようとしているところがいいかな」

「女性を性奴隷なんて、ゆるせないやつですね」

「そうでしょう。そもそも、ヤクを使ってエッチなんて最低よね」

玲奈がじっと拓也を見つめている。

「そ、そうですね……」

美しい瞳で見つめられただけで、拓也の心臓はばくばく鳴る。

「エッチって、好きな人との愛を確かめ合う作業でしょう」

「そうですね……」

「拓也さんも、そう思うでしょう」

名前で呼ばれ、ドキンとなる。

「はい」

とうなずくと、玲奈はにっこりと笑う。

やっぱり、俺に気があるんじゃないのかっ。

「尾行するとき、カップルを装ったほうが、どこにも行けるからいいの。例えば、ラブホ街に入ったとき、女ひとりだと目立つでしょう」

ラブホ街っ。

ペニスが疼く。

玲奈とエッチするわけではないが、玲奈とラブホテル街を歩くだけでも、射精しそうな気がする。なにせ、デートすら初体験なのだから。いや、デートではないか。でも、疑似とはいえデートだ。

玲奈は制服からノースリーブのブラウスに着がえているのだ。

「でも、どうして僕が相手なんですか」

普通は所轄の刑事がパートナーなのではないのか。

「男の刑事が手配つかないの。今、管内では連続強盗事件が起こっていて、そちらで手一杯なの。今回の件は麻薬捜査官のほうからとつぜん出てきた話で、だから、デートの相手を探していたの」

そのデートの相手に俺が選ばれたわけだ。

「どうしたの。なんかにやけているよね」

と、玲奈が美貌を寄せてくる。今にもキスできそうな距離だ。

玲奈さんとキスっ。

もしかしたら、万が一、キスできるかもっ。なにせ、デートなのだから。

「着きました」

と、菜々美が言った。

3

「ご協力、感謝します」

尾行の現場には、津島警部補もいた。こちらも私服に着がえていた。ベージュのワンピースが、身体にぴたっと貼りついている。

すごいプロポーションだ。津島警部補は長身で、拓也よりちょっとだけ高い。モデルのようなスタイルでありつつ、胸はかなりボリュームがある。

津島警部補には刑事の連れがいた。ポロシャツにジーンズ姿だが、チンピラのように見えた。

「あの子と待ち合わせしているようなの」

駅前のコンコースに来た。ここは待ち合わせのメッカで、若い男女が待ち合わせをしている。女はカットソーにミニスカート姿だ。かなり若い。すらりと伸びたナマ足が眩《まぶ》しい。

「来たわ」

ミニスカの女の子の前に、Tシャツにジーンズ姿の男があらわれた。見るからに、チャラ男だ。ミニスカの子がチャラ男に気づくと、うれしそうに手を振る。

なんだよっ。俺のほうがいいじゃないか。どうして世間の女子はみな俺を選ばずに、脳みそなんてなさそうなチャラ男を選ぶんだ。

ミニスカの子はチャラ男の腕に、すぐに腕をからめていった。そして、歩きはじめる。

「行くわよ」

と、玲奈が言い、拓也に寄ってきた。女子に寄られたことのない拓也は、えっ、と反射的に身体を離す。

するとすると玲奈がさらに寄り、ミニスカの女の子のように拓也の腕に剝《む》き出しの腕をからめてきた。

「えっ……玲奈さん……」

「玲奈って、呼んで、拓也さん」

玲奈が拓也を見つめ、そう言う。

「呼んでますよ」

「ううん。玲奈って、呼び捨てにして」

「い、いいんですか」

「そのほうが、親近感が出るでしょう」

「は、はい……あの、腕は……」

「あっちもからめているじゃない」

あっちというのは、ミニスカ女子ではなく、津島警部補と連れの刑事のことだった。津島警部補もチンピラのような刑事に腕をからめている。

ただでさえデート初体験で緊張しているのに、いきなり腕をからめられ、拓也はパニックになりそうだ。

しかも、からめている腕は剝き出しなのだ。拓也は半袖にして来ればよかった、と思った。そうしたら今、素肌と素肌がからみついていたはずなのだ。

今日は初夏のような陽気だ。ちらほらとノースリーブの女性もいる。半袖の男もいる。

しまったっ。

拓也はごくごく無難な長袖のシャツに綿パンスタイルだったのだ。

ミニスカ女子とチャラ男はなにやら楽しそうに話しながら繁華街を歩いている。

ミニスカ女子のヒップはぷりっと張っていて、スタイル抜群だ。

これから、あの女子にヤクを打って、性奴隷にするのだ。なんて野郎だっ。

思わず、拓也はチャラ男の背中をにらみつけていた。

すると、つんつんと頰を突かれた。

えっ、と玲奈を見ると、

「そんな怖い顔して、あいつをにらんでたらだめよ」

「すみません。性奴隷にするのかと思うと、つい……」

「あら、正義感が強いのね」

玲奈がうれしそうに見つめている。

たまらない。これはやっぱりデートだ。玲奈とラブホに入りたい。チャラ男っ、ラブホに入るんだっ。

童貞男の強い願いが通じたのか、チャラ男とミニスカ女子はラブホ街に入った。

そのとたん、まわりの空気が変わる。繁華街の華やかな空気から、密《ひそ》やかな雰囲気となる。平日の昼間だが、ちらほらカップルがいる。それも中年男性と若い子や、中年の男女とか、いろいろ訳ありカップルが見られた。

チャラ男とミニスカ女子がラブホに入った。

「入るわよ」

と、玲奈が言う。近くを歩いている津島警部補とチンピラ刑事に目配せする。

津島警部補がうなずいた。

玲奈がぐいっと腕を引き、ラブホに入った。

部屋紹介のパネルの前に、チャラ男とミニスカ女子がいた。ラブホの中だと、よけいナマ足が眩しく見える。

チャラ男がパネルを押した。ふたりでエレベーターホールへと向かう。

すぐに引っ張られるまま、玲奈とパネルの前に移動した。

三十室ほどあったが、七割ほど埋まっていた。こんな時間にやりまくっている男女が、こんなにいるとは……童貞の拓也は憤りを隠せない。

「よかった。両隣が空いているわ」

と、玲奈が言い、三〇三のパネルを押す。そして、携帯電話を取り出すと、なにかメールをした。

「あのふたり、三〇二号室に入ったんですか」

「そうね」

「どうしてわかったんですか」

「どこのパネルを押したのか、見てたからでしょう」

当たり前でしょう、という目で、玲奈が拓也を見つめる。

まずい。ばかな質問をしてしまったか。

「行くわよ」

「あの、部屋に入るんですか」

「そうよ。隣が取れたから、なにか聞き取れるかもしれないわ。このラブホが安普請であることを願うわ」

玲奈はチャラ男のことで頭がいっぱいだ。警察官なのだから当たり前だろうが、拓也はこれから玲奈とラブホの部屋でふたりきりになると思うと、気が気でない。

エレベーターは三階で止まっていた。やはり、三〇二号室にいるようだ。ボタンを押すと、降りてくる。ドアが開き、乗りこんだ。

密室でふたりきり。すぐに、甘い匂いが拓也の鼻孔をかすめてくる。

すぐそばに、玲奈の美貌がある。玲奈はさっきまでとは違い、真剣な顔をしている。そんな警察官らしい玲奈の横顔がまた、たまらない。真剣な顔をしながら、これからラブホの部屋に入るのだ。

すぐに三階に着く。ドアが開くと、真正面のドアのルームナンバーのプレートが点滅していた。玲奈がノブをつかみ、ドアを開く。拓也も中に入った。

初ラブホだ。

「狭いわね」

と、玲奈が言った。確かに狭かった。ダブルベッドが鎮座しているだけの、まさにやるためだけの部屋だった。

「隣も同じだから、盗聴しやすいわ」

と、玲奈が言い、セカンドバックを開くと、そこから盗聴グッズを取り出した。

「そんなもの、入れていたんですね」

玲奈はベッドにあがると、壁に耳を押しつける。

「かなり薄いわ。盗聴器もいらないかも」

スカートの裾《すそ》がたくしあがり、太腿《ふともも》まであらわになっている。

玲奈は隣の部屋のことしか頭になく、拓也にむちっとあぶらの乗った太腿を見せつけている。

「あんっ、だめっ」

と、いきなり女の声が隣から聞こえてきた。確かに壁が薄い。

「やんっ、パンティ、だめですっ」

ミニスカ女子の鼻にかかった声がする。チャラ男がはやくもパンティを脱がせているようだ。

「来て」

と、玲奈が手招きする。

そばに寄っていいのか。

拓也もベッドにあがり、玲奈の隣に移動する。

「壁に押しつけて」

と、玲奈に言われ、耳を壁に押しつける。

「あんっ、ああっ……ああんっ、クリ、弱いのっ」

ミニスカ女子の甘い声が手に取るように聞こえてくる。

玲奈は拓也と向かい合う形で、壁に耳を押しつけている。ノースリーブからあらわな二の腕の白さが眩しい。

あっ。ボタンが。

いつの間にか、ブラウスの胸もとのボタンがふたつはずれて、白いふくらみがちらりとのぞいていた。

「あ、ああっ、だめだめ……いっちゃいそうですっ」

ミニスカ女子の舌足らずな声がする。

いきそうだって、という目で玲奈が拓也を見つめる。そして手を伸ばすと、拓也の手を握りしめてきた。すぐに、白魚のような五本の指を拓也の五本の指にからめてくる。

拓也は一気に勃起させていた。

「ああ、ああっ……だめだめ、いっちゃいますっ」

ミニスカ女子の声が甘くからんでくる。

玲奈は拓也を見つめて、強く握ってくる。その瞳は、しっとりと潤みはじめていた。

えっ、玲奈さん、隣の声を聞いて、俺と同じように、興奮しているのっ。

「あっ、えっ、どうしてっ」

と、ミニスカ女子が声をあげる。どうやら、いく寸前でクンニをやめたようだ。

「しゃぶれよ、リリコ」

と、チャラ男の声がする。

フェラ、と玲奈の唇が動く。隣が静かになった。リリコがチャラ男のペニスをしゃぶっているのだろう。

拓也の視線は、玲奈の唇に釘《くぎ》づけとなる。二十八年間まじめに生きてきて、まだ一度もしゃぶってもらっていない。一方、チャラ男はヤクの売人で、もう数えきれないくらいしゃぶらせているだろう。

これではまじめに生きているほうが損ではないかっ。

「よし、ケツから入れてやる。そこに這《は》え」

と、チャラ男の声がする。

なんて言葉遣いだっ。リリコに対する敬意はないのか。次々と偉そうに命令されて、リリコは怒らないのかっ。そうだ。出ていけ、リリコっ。チャラ男を置いていけっ。

「ああ、ください。お尻からください」

というリリコの声が聞こえてくる。どうやら、すでに四つん這いになって、ミニスカ越しに見た魅力的なヒップを差し出しているようだ。

「ああっ、いいっ」

リリコの歓喜の声が聞こえてくる。玲奈が強く手を握ってきた。そして、ぐっと拓也を引きよせた。一気に顔が近づく。

4

キスできそうな距離だ。実際、玲奈の唇はややほころんでいる。

拓也をじっと見つめたままだ。これはもしかして、キスしてほしいということか。男から唇を奪われるのを待っているのか。わからない。

「ああ、ああっ、いい、いいっ、おち×ぽ、いいっ」

隣からはリリコのよがり声が聞こえてくる。それを聞きながら、拓也と玲奈は手を握りしめたまま、見つめ合っている。

すぐに女に手を出せるチャラ男がうらやましい。きっとリリコを前にしても、キスしていいのかとか悩んでいないはずだ。

キスしたい、と思ったときには、すでにベロをからめているはずだ。本能のままに動いているから、次々とやれるのだ。

俺も牡《おす》になるんだっ。

「い、いくっ、いくいくっ」

隣から、リリコのいまわの声が聞こえてきた。

はあっ、と火の息を洩らし、玲奈が拓也のあごを摘まんできた。そして、美貌を寄せてくる。

あっ、と思ったときには、唇を奪われていた。童貞の唇を、美貌の巡査長に奪われていた。

拓也が口をゆるめると、すぐさまぬらりと舌が入ってきた。唇を合わせたキスから、すぐにベロチュー経験者へとランクがあがる。

玲奈は火の息を吐きつつ、拓也の舌を貪《むさぼ》ってくる。

そして、はっと我に返ったように美貌を引いた。

「ごめん、なさい……」

と、キスしてきた玲奈が謝った。

「いいえっ、僕こそっ、僕からするべきでしたっ。すみませんっ」

と、謝ってきた玲奈に悪くて、拓也も謝る。

「もしかして、あの……拓也さんって……ど……」

と尋ねようとしたとき、あははっ、と男女の笑い声が聞こえてきた。なにかおかしいことでもあったのか。

「あはは」

「へへへっ」

聞いていて、なにか不気味な笑い声が続く。

「打ったわ……」

と、玲奈が言った。

「打ったって、ヤクですか」

「そう。打つと、ものすごい高揚感に包まれて、笑い声が止まらなくなるの」

「そうなんですか」

「エッチしながら、笑っているの」

「笑いながら、エッチ……」

相変わらず、あはは、えへへ、と不気味な笑い声が聞こえている。

「ただ笑っているだけじゃないの。たぶん、クンニされながら笑っているの。クンニしながら笑っているの」

「そうなんですか」

拓也の視線は、玲奈の唇に釘づけだ。玲奈の唇は絖《ぬめ》っていた。

あれは、もしや、俺の唾液なのでは。

「なんか、ずっとエッチな声を聞かされて、身体がすごく疼くの」

ずっと握っていた手を、そのままブラウスの胸もとに導いてきた。高く張っている胸もとをつかませる。

「い、いいんですか……」

「いいわ……疼くの……どうしましょう」

どうしましょう、と言われても困る。今は職務の最中のはずだ。薄い壁の向こうには、薬物犯がいる。

薬物犯と女は今、エッチをしている。それに合わせて、こちらもエッチをするということか。そんなことしていていいのか。

そもそも、たった今、生まれてはじめて女性とベロチューした拓也には、これから婦警とエッチなんて難易度が高すぎる。

それでも、手のひらに魅惑のふくらみを感じると、揉《も》んでしまう。これは男の性《さが》か。

ブラウスとブラ越しだが、初揉みに身体が震える。

「はあっ、ああ……」

玲奈が敏感な反応を見せる。おそらくとがった乳首がブラカップにこすれて、感じているのだろう。

玲奈の感じている顔がたまらない。ブラウス越しにバストをつかみ、感じている顔を見ているだけで、射精しそうだ。

「あ、あああっ、入れてっ。ああ、おち×ぽ、ぶっこんでっ」

隣からリリコの声がする。すぐに、

「ひいっ」

と、悲鳴にも似た声が聞こえてくる。

「いい、いいいっ、ち×ぽ、ち×ぽっ、おま×こ、おま×こ、いい、いいっ」

リリコの歓喜の声が聞こえる。

思わず、拓也はぐっとバストをつかんでいた。ブラウスとブラ越しに、ぐぐっと揉みこむ。

「はあっ……ああ、じかに……いいかな」

と、玲奈が言う。拓也を見つめる瞳が潤んでいる。完全に隣の影響を受けている。玲奈が自分でブラウスのボタンをはずしていく。すぐに、ハーフカップからはみ出ているふくらみがあらわれる。

やはりかなりの巨乳で、今にもこぼれ出しそうだ。

「ああ、剝いでっ、剝ぎ取って、拓也さんっ」

ブラウスの前ボタンをすべてはずした玲奈が、そう言う。

拓也はブラのカップをつかんだ。引き剝ぐわけにはいかず、ぐいっと下げていく。すると、豊満なふくらみがあらわになった。

やはり、乳首はすでにとがりきっている。

「ああ、おっぱいっ」

と、間抜けな声を出し、拓也は玲奈の乳房を鷲《わし》づかみにする。

「いい、いいっ、ち×ぽ、いいっ、おま×こ、いいっ」

隣からはずっと、リリコの甲高い声が聞こえている。

隣に負けてはならない。ヤクなんかに負けてどうするっ。

思わず、乳房揉みに力が入る。

「ううっ……」

と、玲奈がちょっと痛そうな顔をした。

「すみません……つい……」

と、手を放す。はやくも白いふくらみに、うっすらと手形の痕《あと》がついている。

「いいのよ……さあ、もっと……」

玲奈が拓也の手をつかみ、乳房に導く。拓也はまた、左右の手でふたつのふくらみをむんずとつかんでいく。そして、こねるように揉みしだく。

「ああ、ああ……はあっ……」

玲奈が甘い喘《あえ》ぎを洩《も》らす。が、その隣からは、

「いくいく、またいくっ」

と、リリコの歓喜の声がする。隣に比べれば、こちらはおとなしいものだ。

もっと玲奈を感じさせたくなる。感じさせないと、ヤクに負けた気がする。

拓也は乳房から手を引くと、とがりきった乳首に吸いついていった。じゅるっと吸っていく。すると、

「あっ、あんっ……」

と、玲奈が甘い喘ぎで応《こた》えてくれる。

童貞男にしては上出来だ。が、相手はヤクを使ったチャラ男である。

「ひいっ、いく、いくっ」

リリコは続けていっていた。そして、静かになる。

「しゃぶっているのね」

と、玲奈が言う。

「私もしゃぶりたくなってきたわ」

と、玲奈がとんでもないことを言う。

「拓也さん、おち×ぽ出して」

甘くかすれた声で、そう言う。

「えっ……」

「出して、おしゃぶりさせて」

「い、いいんですか」

「しゃぶってもらいたくないのかしら」

玲奈が妖《あや》しく潤んだ瞳で、じっと見つめている。

「いいえ、しゃぶってもらいたいですっ」

「じゃあ、出して」

はいっ、と拓也は立ちあがり、パンツのベルトをゆるめようとする。が、緊張して、なかなかゆるめられない。

「あら、拓也さんって、もしかして……童貞かしら」

「まさか、僕も二十八ですよ。女のひとりやふたりや三人」

やっとベルトがゆるんだ。

「そうよね。拓也さん、モテそうだものね」

「えっ、そうなんですかっ。そう見えますかっ」

モテそうなんて、生まれてはじめて言われた。

もしかして、俺は玲奈のタイプなのか。そんな女性もこの世にいるのか。

「うん」

と、玲奈はうなずく。その間にフロントジッパーを下げて、パンツを下ろしていった。ブリーフはもっこりと盛りあがっている。それを下げようとして、ためらいが出る。なんか恥ずかしい。

「どうしたの。やっぱり、童貞なのね」

「違いますっ」

と、拓也はブリーフを引き下げた。ずっと押さえられていたペニスが、弾《はじ》けるようにあらわれた。

「ああ、すごいわ」

「そうですか」

「すごいよ。大きいし、反り具合が素敵よ」

そう言って、玲奈がびんびんに勃起したペニスをつかんでくる。

「あっ……」

握られただけで、拓也は下半身を震わせる。が、もう玲奈は童貞かどうか聞かなかった。

「ああ、硬いわ……ああ、久しぶりだわ」

「そうなんですか」

「ああ……夫を亡くしてから、はじめてかも……」

「えっ、玲奈さん、結婚していたんですかっ」

「夫も刑事だったの……容疑者検挙中に……殉職したの……」

それを聞き、一気にペニスが萎《な》えていく。

5

　すると玲奈が美貌を寄せて、裏スジをぺろりと舐めてきた。

「あっ、玲奈さんっ」

　玲奈は拓也を見あげ、ぺろぺろと裏スジだけを舐めてくる。

　すると現金なもので、再び力を帯びてくる。

「ああ、浩二《こうじ》さんも……裏スジ、すごく感じたの」

　そう言って、さらに裏スジにべたっと舌腹を押しつけてくる。

「玲奈さん……」

　初デートに、初キス、初乳揉みに、初フェラと、初づくしだ。

　鈴口からどろりと我慢汁が出てきた。それを見た玲奈が、あら、と言うなり、ぺろりと舐めてくる。

　我慢汁を舐めるということは、先っぽを舐めるということだ。生まれてはじめて先端に女性の舌が這い、拓也は腰をくなくなさせる。

　玲奈はそのまま先端を舐めはじめる。舐めつつ、胴体をゆっくりとしごいてくる。

「あ、ああ……あああ……」

腰のくねりが止まらない。気持ちよくて先っぽからとろけそうだ。暴発していないのがうそみたいだ。

玲奈が唇を開いた。ぱくっと鎌首《かまくび》を咥《くわ》えてくる。

「ああっ、玲奈さんっ」

鎌首が口の粘膜に包まれる快感に、拓也は軽い目眩《めまい》を覚えた。

すると、玲奈は鎌首をくびれまで咥えたまま、うふふ、と笑ったように見えた。

もう童貞だとバレバレな気がする。

玲奈がさらに唇を下げていく。反り返った胴体まで咥え、じゅるっと吸う。

「ああっ、いいっ」

拓也のうめき声をかき消すように、リリコの歓喜の声が聞こえてきた。

「いい、いいっ、ち×ぽ、ち×ぽっ、いいっ……もっとっ、もっと、リリコのおま×こ、突いてくださいっ……ああ、リリコのおま×こ、ち×ぽでめちゃくちゃにしてくださいっ」

また、エッチをはじめたようだ。しかも、チャラ男は飛ばしている。

玲奈が影響を受けないはずがない。根元まで咥えていた唇を、玲奈が引きあげていく。玲奈の鼻先で唾液まみれとなったペニスが跳ねた。

玲奈がスカートの中に手を入れた。

パンティを脱ぐのか……。

パンティを脱げば、あとは入れるしかない。

たくしあがったスカートからあらわな太腿に、紫のパンティがあらわれた。昨晩、物干しで目にしたパンティだ。

紫のパンティは太腿を通過し、膝小僧を通り抜け、ふくらはぎまで下がっていく。そして足首から抜くと、パンツとブリーフをふくらはぎまで下げている拓也の身体を押した。

あっ、と拓也はベッドに仰向けに倒れる。

バストをあらわにさせ、パンティを脱いだ玲奈が拓也の股間を白い足で跨《また》いでくる。全部脱がないのは、隣で変化が起こればすぐに動けるようにしているのだろう。

「いくいく、いくっ」

隣からリリコのいまわの声が聞こえてくる。

その声が玲奈をけしかけている。拓也を見下ろす玲奈の目は妖しく光っていた。

「入れるね」

と言って、玲奈がペニスをつかみ、腰を下ろしてくる。

ああ、まさか、婦警相手に童貞を卒業するとは。しかも女優のようなとびきりの美人と。高校生や大学生の頃の自分に教えたい。やれないからって、あせるな。将来、美人相手で男になれるからと。

玲奈の恥部が迫ってくるが、スカートに隠れていて、拓也からは見えない。できれば、入るところを、つながるところを見たい。

スカートの裾が一気にたくしあがった。玲奈の恥部が見えた。玲奈の恥毛は薄く、割れ目がはっきりと見えた。それが拓也の鎌首に向かってくる。

ああ、入るぞっ。結合するぞっ。

割れ目に鎌首が触れたとき、電話が鳴った。玲奈は寸止め状態で腕を伸ばし、電話を手にした。いやな予感がした。

「はい。了解」

玲奈が立ちあがっていく。割れ目が鎌首から離れていく。

ああ、俺の童貞卒業がっ。

玲奈がたわわな乳房をブラカップに押しこめ、ブラウスのボタンをすばやくつけていく。そして、セカンドバックから手錠を取り出すと、部屋から飛び出していった。

「玲奈さんっ」

拓也も急いでブリーフとパンツを引きあげ、部屋から出る。

「来るなっ。来たら、この女の顔に傷がつくぜっ」

廊下の向こう側に、津島警部補と強面《こわもて》刑事がいた。そして、チャラ男を挟む形で玲奈がいる。チャラ男はリリコを抱きよせ、その顔にナイフを向けていた。

まだヤクでハイのままなのか、リリコはへらへら笑っている。

「逃げられると思っているのかっ」

と、強面が大声をあげる。

チャラ男は津島警部補と強面を見て、そしてこちらを見る。こちらは玲奈と拓也だ。こちらのほうが組みやすしと読んだのか、ナイフをリリコの顔に向けたまま、こちらに向かってくる。

すると、玲奈がスカートの裾をつかみ、たくしあげはじめた。

えっ、なにをしているんですかっ。

玲奈は紫のパンティは穿かずに、飛び出したはずだ。

チャラ男が目を見張る。

「なにしているっ」

玲奈は数歩、チャラ男に近よりつつ、さっとスカートの裾をたくしあげた。

背後に立つ拓也には、玲奈のヒップがあらわになったが、正面に立つチャラ男と向こう側の強面刑事には、玲奈の割れ目がまる出しとなっているはずだ。

チャラ男の視線が玲奈の割れ目に向いた。

玲奈は割れ目に指を添えると、開きはじめる。もう完全に釘づけだ。

津島警部補が背後から迫り、チャラ男のうなじに手刀を打った。

「ぐえっ」

と、チャラ男が崩れていく。津島警部補がチャラ男の両腕を取って、ねじあげた。玲奈がその手首に手錠を打った。

「確保っ」

玲奈の声が廊下に響いた。

# 第二章　取調室の尋問パイズリ

## 1

その夜、拓也は交番に呼ばれていた。午後十一時に来てほしい、と玲奈から言われていた。

指定どおり、午後十一時に交番に顔を見せると、菜々美が机について、書き物をしていた。

「こんばんは」

と、声をかけると、愛らしい顔をあげて、

「今日は、お手柄でしたね」

と、笑顔を向けた。

「いや、僕はなにもしてません……」

それどころか、玲奈と初キス、初乳揉み、初フェラを体験していた。

菜々美が立ちあがり、

「ご協力、ありがとうございました」

と、敬礼をする。

奥から、玲奈が顔を出した。こっち、と手招きする。

拓也は奥の部屋に入った。そこは四畳半ほどのスペースで、コンクリート打ちっぱなしの壁に囲まれた部屋だった。

真ん中にチープな机、向かい合うように、チープな椅子《いす》が置かれている。テレビでよく見る取調室そっくりだった。

「今日はありがとう、拓也さん」

玲奈は婦警の制服姿だった。肌出しの私服もいいが、やはり制服姿がきりりとして似合っている。

「僕はなにもしてません」

「ううん。久しぶりに握れたし、しゃぶれたし、キスもできたし、活躍してくれたわよ」

「そ、そうですか……」

そっちの活躍か。

「そこに座って」

と、玲奈が椅子を指さす。拓也は言われるまま、座った。なんか被疑者になったようだ。

玲奈が寄ってきた。それだけでも、ドキドキする。取調室とはいえ、密室でふたりきりなのだ。

「両腕を背中にまわして」

と言う。

拓也は訝《いぶか》しがりつつも言われるまま、両手を背中にまわした。すると、玲奈がヒップに手をまわし、手錠を取り出すと、すばやく拓也の手首にはめてきた。あっ、と思ったときには、後手に手錠をかけられていた。

「こ、これは……」

「これから、尋問します」

もうひとつの椅子を寄せてきて、玲奈が真正面に座る。

「じ、尋問って、僕がなにをしたって言うんですか」

「偽証よ」

「ぎ、偽証……」

「拓也さん、童貞よね」

美貌を寄せて、玲奈が聞いてくる。

「えっ……」

「それも、デートもしたことがない、真性ウルトラ童貞だったよね」

「い、いや、それは……」

デートもはじめてだって、ばれていたのか。デートがはじめてなら、とうぜんエッチもはじめてということになる。いや、エッチはしていない。もう、何万回も頭に浮かんでいた。

拓也の脳裏に、鎌首に当たる玲奈の割れ目が鮮烈に浮かぶ。

「今、私の割れ目を思い浮かべたよね」

「えっ……」

どうしてわかるんだっ。

「やっぱりね」

はったりか。やはり、警察官だ。しかも、未亡人だという。相手が一枚も二枚も上だ。ここはあっさり白状したほうがいいか。

「ずっと、私の割れ目を思っていたんでしょう」

そう言いながら、玲奈が拓也のあごを撫でてくる。

「玲奈さん……」

撫でられた瞬間、勃起していた。

拓也を見つめる目は、獲物を捕らえる牡の、いや牝《めす》のような輝きを放っている。

それを見て、拓也はすぐにゲロしないほうがいいのでは、と思った。これはもしかして、尋問という名のプレイなのではないのか、と。

「思っていません」

と、拓也は否定した。すると、予想どおり、玲奈の目がさらに輝いた。

「うそ。うそつきね、拓也さん」

右手であごを撫でつつ、左手でいきなりパンツの股間をつかんできた。

「あっ……」

玲奈がにやりと笑う。

「これはなにかしら」

勃起したペニスをパンツとブリーフ越しに強くつかんでくる。拓也がラブホで玲奈の胸をブラウスとブラ越しにつかんだのの、逆バージョンだ。

「いや、なにもないです」

「これが、なにもないって言うの。これが、私の割れ目を想像していた、なによりの証拠よっ」

と、勝ち誇ったように、玲奈が言う。

「なんの話ですか……」

拓也はしらばっくれる。その声が震えている。否定すると、玲奈はペニスを出してくると思ったからだ。

「いいわ。証拠を見せてあげる」

予想どおり、玲奈はパンツのベルトに手をかけ、ゆるめてくる。

ペニスがびんびんどころか、はやくも先走りの汁を出していた。

「腰をあげて」

と言われ、拓也は腰を浮かす。玲奈がパンツを膝まで下げる。ブリーフがあらわれる。

「なによ、このもっこりは」

と言って、テントを張っている先端を指先で突いてくる。

「あっ……」

それだけでも、拓也は声を出してしまう。

「なによ」

さらに突いてくる。

いきなりペニスを出さずに、ブリーフ越しとは、さすがだ。

「まさか、感じているってことはないでしょうね」

「感じるわけ、ありません」

「そうよね」

玲奈はテントの先端を摘まみ、ぐりぐりと動かす。

「ああっ」

先端がブリーフに強くこすれ、拓也は喘ぐ。

「どうしたの」

「うう、なんでも……ありません」

否定しつづけていると、玲奈はブリーフから指を引いた。脱がせるかと思ったが、違っていた。拓也のシャツのボタンをはずしはじめたのだ。

えっ、なにを。

シャツの前をはだけると、Tシャツをたくしあげていく。お腹《なか》があらわれ、胸板があらわれる。

玲奈が美貌を胸板に寄せてきた。あっ、と思ったときには、右の乳首を吸われていた。

「あっ……玲奈さんっ」

婦警に乳首を舐められ、拓也はうわずった声をあげる。玲奈はちゅうちゅう吸ってくる。

「あ、ああ……」

気持ちよかった。乳首がこんなに気持ちいいだなんて。自分でいじることもあったが、その快感の比ではなかった。

玲奈が右の乳首から唇を引いた。

「私の割れ目をラブホからずっと思い出していたんでしょう。そうよね」

唾液で絖った乳首を白い指で摘まみ、こりこりところがしながら、玲奈が聞いてくる。

「思い出してませんっ。そもそも、玲奈さんのあそこは見ていません」

「あら、そんなうそまでつくの」

玲奈がうれしそうに笑う。ブリーフの中で、暴発しそうになった。

ふうん、と言いつつ、今度は左の乳首に吸いついてくる。右の乳首を指でいじりつつ、左の乳首を吸ってくる。

「あっ、あんっ」

ダブルの乳首責めが気持ちよくて、思わず女子のような声をあげてしまう。

「なに、女の子のような声をあげているのかしら」

「すみません……」

「まさか、乳首で女の子みたいに感じるの？」

「いいえ……感じませんっ」

否定したほうが、もっと乳首を責めてくれると思ったのだ。

ふうん、と玲奈が拓也をじっと見つめる。拓也の心の中を見透かすような眼差しだ。そして、左右の乳首を同時に摘まんできた。

「あっ……」

それだけで、感じてしまう。

「感じるのね」

と言いつつ、左右の乳首をひねってくる。

「あ、ああ……玲奈さん……」

拓也は身体を震わせる。取調室で、両手に手錠をかけられた状態で、制服姿の婦警に乳首を責められている状況が、異常な昂りを呼んでいた。

もしかして、俺って、Mなのか。

「乳首、感じますって、白状しなさい」

こりこりと左右の乳首をいじりつつ、玲奈がゲロさせようとする。

「感じません」

と、拓也は否定する。否定すればするほど、乳首責めが濃厚となるからだ。

「あら、そうなの」

玲奈が左の乳首から手を引くと、また唇を寄せてきた。それだけで、あらたな責めへの期待に、身体が震える。

玲奈が左の乳首の根元に歯を当ててきた。

嚙《か》むのかっ、とあらたな先走りの汁を出すなか、玲奈ががりっと嚙んできた。

「ううっ……」

痛みが走ったが、すぐに未知の快感へと変わる。がりっと歯を立てたのは最初だけで、すぐに甘嚙みへと変わっていた。ちゅっと吸い、そしてまた歯を立ててくる。その間も右の乳首はいじりつづけている。

たまらなかった。

「あっ、あんっ」

と、またも女子のような声をあげる。

「これでも乳首、感じないと言えるのかしら」

「か、感じません……」

「あら、強情なのね」

玲奈が胸板から美貌を引いた。乳首責めは終わりなのか、と残念に思っていると、玲奈の手がブリーフに伸びてきた。ぐいっと下げられる。

2

弾けるように、びんびんのペニスがあらわれた。

「すごい、我慢汁ね」

と言うなり、玲奈が美貌を寄せてきて、ぺろりと白い粘液を舐めてきた。それはすなわち、先っぽ舐めを意味していた。

「あ、ああ……」

拓也は腰を震わせる。

「はじめの話に戻すわね。拓也さんって童貞よね。それどころか、私がファーストキス、ファーストフェラの相手よね」

唇を引き、我慢汁から唾液に塗りかわった先端を手のひらで撫でつつ、玲奈が聞いてくる。

「う、うう……違います……」

「まだ、うそつくのかしら」

玲奈は手のひらを引くと、そこにどろりと唾液を垂らしていく。

たまらない。婦警の制服を着て、交番の中でやることではない。

唾液まみれにさせると、再び手のひらで鎌首を撫でてくる。

「あ、ああ……」

気持ちよすぎて、拓也は腰をくねらせる。射精しそうになるが、鎌首なでなでは射精までは至らない。出そうで、出ない。

「真性童貞なんでしょう」

「違いますっ」

拓也は白状しない。白状しないほうが、責めが過激になるからだ。

ふうん、と言うと、玲奈が制服のボタンをはずしはじめた。

「れ、玲奈さん……なにをしているんですかっ」

まさか、玲奈が取調室で脱ぐとは思ってもみなかった。

ブラがあらわれる。昼間見たブラと同じだ。そこから、たわわなふくらみがこぼれ出そうだ。

玲奈がブラカップをまくった。豊満なふくらみがあらわになる。すでに乳首はとがりきっている。

「玲奈さん……」

すぐさま、あらたな我慢汁が出てくる。

「童貞だとゲロしなさい」

「違います……童貞なわけないでしょう」

「あら、そうなの」

と言いつつ、玲奈が椅子から降りた。床で膝立ちとなり、あらわにさせた乳房で拓也のペニスを挟んできた。

「あっ……」

婦警が交番の中で尋問パイズリっ。

玲奈が左右から包むと、乳房に向かって、どろりと唾液を垂らしてくる。そして、左右から包んだふくらみを上下に動かしはじめる。

「ああ、玲奈さんっ、そんなことっ」

ペニス全体に刺激を受けて、拓也が大声をあげると、しいっ、と人さし指を口に押しつけてくる。

「菜々美に聞かれたら、まずいでしょう」

「まずいです……」

玲奈が左右のふくらみで鎌首を包んできた。やわらかなふくらみで刺激を送ってくる。

「あ、ああ……」

拓也は腰をくねらせつづける。どろりと先走りの汁が出て、玲奈の乳房を汚していく。

玲奈は左右から挟んだ乳房を上下させつつ、先端をぺろりと舐めてくる。左右と上からの三方からの刺激に、拓也はうめく。

こんな快感は生まれてはじめてだ。

「どうかしら。童貞だと認めるかしら」

「違いますっ」

玲奈は唇を開くと、鎌首を咥えてきた。じゅるっと吸ってくる。

拓也は射精しそうになった。玲奈の口に出せっ、と思った瞬間、玲奈が唇と乳房を引いた。寸止めを食らったペニスが、ひくひくと動く。

玲奈は反り返った胴体をつかむと、手のひらで先端を撫ではじめる。

「あ、ああっ、あああっ」

また、出そうになる。

出るっ、と思った瞬間、また玲奈が手を引いた。大量の我慢汁が出て、胴体まで垂れていく。

「あ、ああ……玲奈さん」

いかせてください、と玲奈を見つめる。

「どうしたのかしら」

「いや、その……出したいです」

「どこに出したいのかしら」

「ど、どこに……」

ただ射精したい、と思っていたが、どこに出すなんて、考えてもいなかった。

これまでの二十八年間、ひたすらティッシュに出しつづけたのだ。

「おま×ことか、お口とか、あるんじゃないの」

「そ、そうですね……」

「やっぱり童貞だから、そこまで頭がまわっていないのね」

「そ、そうです……」

と、拓也は素直にうなずいた。

「あら、急に素直になったわね。つまらないわ」

玲奈が立ちあがり、美貌を寄せてくる。あごを摘ままれ、口を奪われる。ぬらりと舌が入ってくる。ベロチューしつつ、また手のひらで鎌首を撫ではじめる。

「う、ううっ」

出そうになる。でも、穴に出すチャンスがあるんだ、と思うと、手のひらなんかには出したくなくなる。

「ううっ」

出したくないっ、と叫ぶ。

玲奈が唇を引いた。手のひらで鎌首を撫でつつ、どうしたの、と聞いてくる。

「外には出したくないですっ」

「どこに出したいの」

「あ、あの、よかったら……よかったらですけど……あの、玲奈さんの……その……あの……」

「なにかしら」

「あの……お、おま×こに……出させてください」

「いいわよ」

と、玲奈が素直にうなずいた。

玲奈の中に出せるっ、と思った瞬間、あまりの興奮に暴発させた。

「あっ……」

どくどく、どくどくと勢いよく、玲奈の手のひらに噴き出していく。五本の指がザーメンまみれとなっていく。

ザーメンを受けても玲奈は手を引くことなく、鎌首を撫でつづける。

「あ、ああっ、あああっ」

拓也は腰を震わせつづける。

玲奈が手を引いた。ねっとりと大量のザーメンが糸を引く。

「すみませんっ、すみませんっ」

「私の中に出せると思って、暴発させたのね」

「はい……」

「かわいいわ」

「そ、そうですか……」

玲奈が驚くべき行動に出た。ザーメンが垂れる手を口もとに持ってくると、小指をしゃぶりはじめたのだ。

「れ、玲奈さん……」

小指をきれいにすると、くすり指をしゃぶり、そして中指にからんだザーメンを舐め取っていく。それは、白い蜜を啜《すす》るようだ。

ああ、玲奈さんが、俺が出したザーメンを舐めている。しかも、おいしそうだ。たった今、大量に出したばかりなのに、玲奈のエロい姿に、すぐさまペニスが反応する。

萎えつつあったペニスが、ぐぐっ、ぐぐっとあらたな力を帯びてくる。

五本の指をすべて舐めると、今度は手のひらにかかったザーメンをぺろぺろと舐めていく。

制服の前をはだけたまま、たわわな乳房をあらわにさせたまま、拓也のザーメンを舐め取っていく。

ザーメンを受けた手をきれいにさせたときには、拓也ははやくも勃起を完全に取り戻していた。

「あら、童貞だから、勃《た》つのはやいのね。まだ穴に出してないからね」

「は、はい……」

「穴に出さないと、何度出しても、すぐに勃起するのよ」

「そ、そうなんですかっ」

「冗談よ」

うふふと笑い、先端にしゃぶりついてくる。

「あうっ……」

鎌首を吸われ、拓也は腰をくねらせる。

玲奈は唇を下げて、根元まで咥えると、じゅるっと吸いあげてくる。

「ああ、おま×こに、玲奈さんのおま×こに入れたいですっ」

「なんか必死ね。拓也さん、かわいいわ」

股間から美貌をあげると、玲奈がつんつんと拓也の頬を突いてくる。

「玲奈さんっ」

玲奈が制服のパンツのベルトをゆるめる。

ああ、本当に、ここでやるんだ。ここで、婦警相手に童貞を卒業するんだっ。

玲奈がパンツを下げていく。昼間とは違い、白だった。が、ただの白ではないほぼシースルーに近く、恥毛だけでなく割れ目までうっすらと透けて見えている。

「パンティ、穿きかえたんですね」

「あれ、もう、ぐしょぐしょだったから。替えのパンティはいつもふたつは持ってきているの」

「そうなんですかっ」

「容疑者を捕まえたときなんか、すごく濡れるのよ」

「そ、そうなんですか……」

「やっぱり悪いやつを捕まえるために、警察官になったでしょう。容疑者を捕らえたときが、いちばん興奮するのよ。今夜、来てもらったのも、ヤクの売人を捕まえた興奮が醒《さ》めやらないからなの」

そう言いながら、玲奈は透けパンティを下げていく。

割れ目があらわれる。あそこに、俺のち×ぽが入るのだ。

「いつもはオナニーでごまかすんだけど、ちょうどいいおち×ぽがあるでしょ」

そう言って、玲奈が椅子に拘束されている拓也の下半身を白い足で跨いでくる。

椅子がみしっと軋《きし》む。

玲奈がペニスを手にして、剝き出しの恥部を寄せてくる。

3

ああ、ついに……ついに……。

玲奈の割れ目が鎌首に触れた。が、そこで玲奈が腰を下げるのをやめた。割れ目で鎌首をなぞりはじめる。

「ああ、玲奈さんっ、玲奈さんっ、入れたいですっ」

「なにを入れたのかしら」

ここまで来て、じらすのか。

「ち×ぽを玲奈さんのおま×こに入れたいですっ」

拓也は自分から入れようと腰を突きあげるが、玲奈が恥部をあげていく。

届きそうで届かない。

「ああ、おねがいしますっ。二十八年間、このときを待っていたんですっ。ああ、玲奈さんで卒業できたら、最高なんですっ」

「そうなの」

玲奈がまた、割れ目を下げてきた。拓也が腰を突きあげると、鎌首が割れ目にめりこむ。ここだっ、と突きあげるが、あせりすぎて、鎌首が出てしまう。

拓也は何度が入れようとするが、なかなか入らない。あせっている間も、あらたな我慢汁が出てきて、玲奈の割れ目が白く汚れる。それがまたエロくて、さらに我慢汁が出てくる。

「ああ、そろそろかな。私も我慢できなくなってきたわ」

そう言うと、玲奈が腰を落としてきた。鎌首がずぶりとめりこんだ。そして瞬く間に、拓也のち×ぽが玲奈のおま×こに包まれていった。

「あうっ、うんっ……」

玲奈が形のよいあごを反らす。

「あ、ああ……あああ、玲奈さんっ……」

ち×ぽ全体が、燃えるような粘膜に包まれた。肉の襞《ひだ》がからみつき、くいくい締めてくる。

「あ、ああっ、おま×こ、おま×こっ」

「まだ、出しちゃだめよ。入れただけでしょう」

「は、はいっ」

根元まで咥えこむと、玲奈がキスしてくる。ぬらりと舌が入ってくる。

今まではベロチュー大歓迎だったが、今は違っていた。おま×この締めつけが気持ちよすぎて、そこにベロチューの刺激が加わると、暴発しそうになる。

さっき、手のひらに出したのだ。いくら初体験だといっても、即二発目ははやすぎる。それに、玲奈は興奮を鎮めるために、つながっているのだ。ここですぐ出したら、玲奈は不満だろう。かといって、こっちから突いていく勇気はない。

なにもしない拓也にじれたのか、玲奈は舌をからめつつ、つながっている腰をうねらせはじめる。

「はあっ、ああ……突いて、拓也さん」

火の息を吐きつつ、玲奈がそう言う。

「ああ、突いたら、また出そうで……」

「いいわよ」

「えっ」

「すぐに出してもいいわよ」

玲奈が抱きついてきて、拓也の耳もとで、

「玲奈の中に出して」

火の息を吹きかけるように、そう言った。

「えっ……」

玲奈に中出しっ。

そう思った瞬間、拓也はまたも暴発させていた。

「おう、おうっ」

拓也は雄叫《おたけ》びをあげて、射精させる。さっきとは違い。いや、これまでの二十八年間の射精とは違い、中に、女性の中に出しているのだ。

射精という行為自体は同じのはずなのに、どこに出しているかで、まったく気持ちよさが違っていた。

さっき出したばかりなのがうそのように、どくどく、どくどくと大量のザーメンが噴きあがり、玲奈の子宮をたたいていく。

「あう……うん……」

玲奈はうっとりとした表情を見せるものの、もちろん満足したようではなかった。

脈動が鎮まると、またもや勝手に出してしまったことで、

「すみませんっ」

と謝る。

「いいのよ。はじめてなんだから、すぐに出るわよね」

「ああ、玲奈さんっ」

玲奈が女神に見えた。年は玲奈のほうがちょっとだけ上か。

すでに結婚して、未亡人となっている。エッチのキャリアはまったく違う。

「このまま、大きくできるよね」

対面座位でつながったまま、玲奈がそう聞く。

「えっ、いや、もう二回出したし……」

「まさか、私のおま×こに入れながら、勃たないって言うんじゃないでしょうねえ」

拓也を美しい黒目でにらみつつ、玲奈が胸板に美貌を埋《うず》め、乳首に歯を当てると、がりっと噛んでくる。

「ううっ……」

玲奈の中で、ペニスがぴくっと反応する。

それをおま×こで気づいたのか、さらにがりがりと噛んでくる。

「あう、うう……」

ペニスが玲奈の中でみたび力を帯びはじめる。

玲奈が右の乳首から唇を引いた。

「嚙まれるの、好きなのね。手錠も好きよね、拓也」

と、いきなり呼び捨てにしてくる。すると、ペニスがひくひくと反応する。

「拓也、これも好きでしょう」

と、対面座位でつながったまま、左の乳首を摘まむと、ひねってくる。

「うう……うう……」

玲奈の中で、ペニスがどんどん大きくなっていく。

それをおま×こで感じたのか、玲奈がうふふと笑う。

「こんなことで感じるなんて。私との手錠取り調べエッチを経験したら、もう、私以外ではつまらなくなるかもよ」

と言いつつ、左の乳首をひねりながら、再び右の乳首を嚙んでくる。

「あうっ、うう……」

玲奈の中で瞬く間にびんびんになっていく。

俺はこういうのが好きなのかっ。そもそも、これまでエッチの経験がないから、なにが好きなのかわからなかったが、初体験がこれだと、確かに普通のエッチでは物足りなくなるかもしれない。

「ああ、すごいわ。もう三回目、できるのね。ああ、突いて。今度は、たくさん突けるでしょう」

「突けます」

拓也は腰を突きあげはじめる。おのがザーメンまみれの玲奈の穴をずぶずぶと突きあげていく。

「あっ、あああっ」

突きあげるたびに、たわわな乳房が上下に弾む。なにより、玲奈の喘ぎ声がそそった。

これは俺が今、俺のち×ぽで泣かせているんだっ。

調子に乗った拓也は、おらおらっ、と力強く突きあげる。

「ああっ、ああっ、いい、いいわっ……上手よ、拓也」

玲奈が瞳を開き、見つめる。潤んだ瞳がたまらない。

さすがに今度は見つめられただけでは暴発させない。おらおら突きあげを続ける。

玲奈がしがみついてきた。汗ばんだ乳房を胸板に押しつけてくる。

「ああ、うしろから欲しいわ、拓也」

そう言うと、玲奈が腰を浮かせていく。ずっと玲奈の中に入っていたペニスが、割れ目からあらわれる。それはザーメンと愛液でぬらぬらになっていた。

「あうんっ」

ペニスが抜けると、すぐに割れ目が閉じていく。

玲奈が背後にまわり、手錠をはずした。

4

自由になると、どうしていいのか逆に困る。

玲奈がはだけたままのブラウスも脱ぎ、全裸となった。取調室で全裸。密室の中は、玲奈の甘い匂いでむんむんしている。

今、菜々美が部屋に入ってきたら、どうなるのだろうか。

玲奈が立ったまま壁に手をつき、ぷりっと張ったヒップを左右にうねらせる。

「ああ、玲奈さん」

拓也は尻たぼのうねりに引きよせられるように、玲奈の裸体に迫っていく。

「立ちバックしたことあるかしら」

「ありません。そもそも、今夜が初エッチなんですから」

「そうだったわね……じゃ、初立ちバックね。初体験からハードね」

拓也は玲奈の尻たぼをつかみ、ぐっと開いた。すると深い狭間の奥に、ひっそりと息づくものが見えた。一瞬、それが尻の穴だとわからなかった。

それくらい可憐《かれん》な蕾《つぼみ》だったからだ。

「そこは処女よ、拓也」

と、玲奈が言う。

「見られているの、わかるんですかっ」

「わかるわよ。拓也の視線、すごくエッチだから。感じるわ」

お尻の穴がひくひく動いている。

「そこはまた、今度ね」

と、玲奈が言う。ということは、今度があるということだ。今夜の尋問だけではなく、また尋問してくれるということだ。

反り返りの角度があがる。

「ああ、入れて。ぶちこんでっ」

はい、と拓也はびんびんのペニスを尻の狭間に入れていく。

先端が蟻《あり》の門渡《とわた》りを通るだけで、ああっ、と玲奈がヒップを震わせる。

割れ目に先端が到達した。さっきは咥えこまれてつながったから、はじめて拓也から入れることになる。

ここで入れて、はじめて童貞卒業だっ。

気合を入れて、腰を突き出した。すでに、一度つながっているせいか、一発でずぶりとめりこんだ。燃えるような粘膜が迎えてくる。

「ああ、奥までちょうだい」

拓也はずぶずぶと、一直線に突き刺していく。

「ああっ、硬いわっ……ああ、いいわっ、拓也のおち×ぽ、いいわっ」

そうなのか。俺のち×ぽはいいのか。これまで女性相手に使用したことがなかったら、わからなかったが、いいらしい。

「もっと奥まで」

はいっ、と拓也はめりこませていく。

さすがに二発出しているから、暴発の心配はない。が、玲奈のおま×この締めつけは凄《すさ》まじく、ちょっとでも気を抜くと、すぐに三発目を出しそうだ。さすがにそれはまずい。

「あぁっ、いっぱい。拓也のおち×ぽで、いっぱいだわ」

玲奈が首をねじって、こちらを見る。玲奈の瞳はねっとりと潤んでいた。唇は半開きで、ずっと火の息を吐いている。

そんな玲奈の美貌を見た瞬間、思わず、出しそうになる。拓也はぎりぎり踏ん張る。

「だめっ。出しそうになったでしょう」

玲奈が美しい黒目でにらみつける。その目でも、出しそうになる。

「勝手に出したら、逮捕するわ」

「えっ……」

「留置場に、ひと晩泊まってもらうから。そうね。全裸で泊まってもらおうかしら」

「そんなこと、できるんですかっ」

「できるわ。今、ここには私と菜々美しかいないもの。菜々美にも、その早漏ち×ぽを見せてあげないとね」

「いやですっ」

と言いながら、全裸で留置所に放《ほう》りこまれることを想像し、玲奈の中でひとまわり太くなる。

「あっ、すごいっ。今、大きくなった」

玲奈がこちらを見て、

「ヘンタイくんなのね。好きよ」

と言う。

「えっ、す、好きって……」

玲奈はうなじを見せて、突いてちょうだい、と言う。

拓也は尻たぼに五本の指を食いこませると、腰を前後に動かしていく。

「あっ、あああっ」

玲奈がすぐに反応を見せる。

これって、俺が今、泣かせているんだよな。俺のち×ぽで玲奈さんをよがらせているんだよな。

そう思うと、突きに力が入る。ずどんずどんと立ちバックで突いていく。

「いい、いいっ」

と、玲奈が甲高い声をあげる。

「そんな声をあげたら、菜々美さんに聞かれますよ」

「もう、聞こえているわよ」

「えっ……」

菜々美は取調室でエッチしていることを知っているのか。

「あとで、菜々美に拓也の童貞ち×ぽを食べたって報告するわ」

「えっ、そんな報告しなくても……」

「ああっ、また大きくなった……どヘンタイね」

もっと突いて、と言われ、拓也はずぶずぶを再開する。ずどんっと子宮をたたいていく。

「いいっ」

と、玲奈が歓喜の声をあげる。

これも、菜々美に聞かれているのか。そうなら、もっとよがらせて、俺の力を見せつけてやろうっ。二十八年間、女に縁のなかった男の力を。

おらおらっ、と激しく抜き差ししていく。

「いい、いいっ。ああ、どうしたのっ。菜々美に聞かれていると思うと、興奮したのっ」

玲奈が首をねじって、拓也を見つめる。

「あぁっ、見せつけるためねっ。ヘンタイっ」

と、またにらみつける。思わず出そうになり、動きを止める。

「だめっ。やめちゃだめっ。やめたら、即逮捕よっ」

玲奈は本当に逮捕して、裸で留置所にぶちこみそうだから怖い。

「逮捕はいやですっ」

と言って、突きはじめる。

「あっ、ああっ、うそ……本当は……ああ、私に……ああ、逮捕されたいんでしょう」

潤んだ瞳で拓也を見つめつつ、玲奈が火の息まじりにそう言う。

「逮捕されたくないですっ。だから、勝手に出しませんっ」

拓也は渾身《こんしん》の力をこめて、立ちバックで突いていく。

「いい、いいっ。すごいっ、すごいわっ……ああ、童貞じゃないみたいっ。ああ、童貞って、うそだったのねっ」

玲奈のよがり声が、取調室で反響する。

「ああ、いきそうなの……」

「そうですかっ。いってくださいっ」

玲奈をち×ぽ一本でいかせられたら、一人前だ。

「ああ、抜いて」

「どうしてですか」

「拓也の顔を見ながら、いきたいの」

「ああ、玲奈さんっ、僕もですっ。玲奈さんのいく顔を見たいですっ」

できれば抜きたくはなかったが、玲奈の顔も見たい。

拓也は暴発しないように、肛門に力を入れつつ、玲奈の中からペニスを抜いていく。

「あ、あんっ、あうっんっ」

抜くときエラが肉襞に逆向きにこすれ、玲奈が汗ばんだ裸体をくねらせる。

穴から抜けた。抜けたと同時に、ずっと攪拌《かくはん》されていた二発目のザーメンが泡となって出てくる。

玲奈がこちらを向いた。すぐに抱きつき、キスしてくる。

ぬらりと舌が入ってくる。玲奈がぴちゃぴちゃと舌をからめつつ、ペニスをつかみ、股間を押しつけてくる。

今度は立ったまま、真正面からペニスが玲奈の中に入っていく。

「ううっ……」

火の息が拓也の口に吹きこまれる。

玲奈がしなやかな両腕を拓也の背中にまわしてくる。乳房を胸板に押しつけ、股間をぐりぐりこすりつけてくる。

「あっ、ああっ。クリ、いい」

拓也も玲奈のヒップに手をまわし、こちらからもこすりつける。

「ああっ、いいわっ。もっと強くっ」

火の息を吐きつつ、玲奈がじっと拓也を見つめている。

ああ、なんてセクシーな顔なんだ。なんてエロいんだっ。

玲奈のよがり顔だけでも射精できる。

立ったまま、腰を前後に動かす。ずぶずぶと、ペニスが玲奈の穴を出入りする。

「ああ、ああっ、いいわっ」

玲奈は瞳を閉じない。ずっと拓也を見つめて、愉悦の声をあげている。

「好きですっ。好きです、玲奈さんっ」

と、美しい瞳で見つめられていると、思わず、好きと言ってしまう。

「ああ、好きよ。私も好きよ、拓也」

「ああ、玲奈さんっ」

エッチでの盛りあげるための言葉だとわかっていても、好きと言われて、興奮する。

ずどんずどんと勢いよく突いていく。すると、

「あっ、いきそう……ああ、いきそうなの」

玲奈が訴えるような声をあげる。

「僕も出そうですっ」

「ああ、いっしょに、玲奈といっしょにいって、拓也」

いっしょにいく。

なんて魅力的な言葉なのか。これまでの二十八年間の人生では、ひとりで勝手にいっていた。でも、今は違う。いっしょにいく相手がいるのだ。

「いきたいですっ。玲奈さんといっしょにいきたいですっ」

と、拓也は叫ぶ。間違いなく、菜々美に聞かれている。

「とどめを刺してっ、拓也のおち×ぽで、とどめを刺してっ」

「はいっ」

拓也は渾身の力を入れて、真正面から玲奈の子宮をたたいた。

「ひいっ……」

と、玲奈が叫んだ。強烈におま×こが締まり、拓也も、おうっと吠《ほ》える。

「いくっ」

と、玲奈が叫んだのを聞き、拓也も射精させた。

「おう、おうっ」

「いく、いくっ」

ふたりの歓喜の声が重なるなか、みたびザーメンが子宮めがけ、勢いよく噴き出していた。

はあっ、と火の息を吐きつつ、玲奈がぴたっと抱きついた裸体を痙攣《けいれん》させる。

甘い汗の匂いが、射精しつづける拓也の鼻孔をくすぐる。

脈動が鎮まると、

「気持ちよかったわ、拓也。浩二が殉職してから、はじめていったわ」

「そうなんですか」

「そう。ありがとう、拓也」

玲奈が唇を重ねてきた。お互い、気持ちよかったと伝えるようなベロチューとなった。

5

翌日の夜。

私鉄の駅を降りて、自宅アパートに帰る途中でコンビニ入った。今日は二時間ほど残業をした。

が入った。残業中も拓也はにやけていた。玲奈との初体験を思い出すと、仕事にも熱が入った。これぞ、心身ともに充実したときだ、と思った。

小腹が空《す》いたので、パンでも買おうと棚へと向かった。すると、すらりと伸びたナマ足が、拓也の目に飛びこんできた。

玲奈相手のエッチで満足しつつも、あらたなナマ足には反応してしまう。悲しい男の性だ。

「あら、高橋さん」

と、ナマ足の女性から名前を呼ばれた。

えっ、と顔をあげると、愛らしい顔があった。見覚えがあったが、人違いの気もした。

「えっ、あの……」

「菜々美ですよ、交番の」

「菜々美さんっ」

菜々美は上半身にぴたっと貼りつくTシャツと、裾を大胆に切りつめたショートパンツ姿だった。

婦警の制服姿しか知らない拓也は、あまりの違いに驚いていた。

「あの、足出して、いいんですか」

と、変なことを聞いてしまう。なんか、警察官は市民の前でナマ足を出してはいけないんじゃないか、と思ったのだ。

「もちろん、いいですよ。変な高橋さん」

菜々美はニコニコしている。

「高橋さん、スーツ、かっこいいですね」

「えっ」

仕事の帰りだから、スーツにネクタイを締めていた。

「素敵です」

「えっ、そ、そう……」

そんなこと女性に言われたことがなかったら、変に緊張してしまう。

「家、この近くなの？」

「はい。警察の寮が近くにあるんです。このコンビニはよく利用するんですよ」

「そうなんだね」

「お時間ありますか」

「えっ、あ、あるけど……」

「近くの公園で、コーヒー飲みませんか」

と言うと、返事を待たずにレジに行き、コーヒーをふたつ頼む。

「あっ、それ、僕が」

「大丈夫ですよ。私、出します。高橋さんには感謝しているんで、お礼です」

「感謝……」

菜々美に感謝されるようなことをした覚えがない。昨日、交番で玲奈相手に初体験をしただけだ。

コーヒーをふたつ買うと、ひとつを拓也に渡し、行きましょう、とコンビニを出る。ちょっと歩くと、公園があった。

かなり遅い時間だったが、ベンチにカップルがちらほらいた。空いているベンチに菜々美が座り、どうぞ、と横を示す。

外灯の明かりを受けて、ショーパンから露出しているナマ足がエロティックに浮きあがっている。

拓也は隣に座った。こうして並んで座ると、なんかデートしているような気になる。

ピタTの胸もとが高く張っている。玲奈のバストばかり気になっていたが、菜々美もかなりの巨乳だった。

肩からポシェットをかけていたが、ちょうど紐《ひも》が胸の谷間に食いこんでいる。

「玲奈さん、未亡人になってから、たぶん、はじめてなんです」

「はじめて……」

「はい。エッチしたの」

「エ、エッチ……」

やはり、聞こえていたのか。

「いくって、聞こえました。あのあと、なにかとてもすっきりした顔をしていて、私もうれしくなりました」

ありがとうございます、と菜々美が拓也に頭を下げる。

「いや、その……」

「玲奈さんの旦那《だんな》さん、刑事だったんです。強盗殺人犯を追っていたとき、容疑者から反撃を受けて、それで殉職したんです」

「その容疑者は？」

「まだ捕まっていないんです」

「そうなんだね」

「だから、玲奈さん、交番の勤務をしつつ、休みの日とか、その強盗殺人犯を追っているんです」

そこまで話すと、菜々美がコーヒーを飲む。

「昨日、取調室から、玲奈さんのエッチな声が聞こえてきたときは、よかったっ、と思いました」

「そうなの……」

「玲奈さん、美人だから、モテるんですよ。未亡人になって、ますますモテているんですけど、まったく見向きもしなくて……エッチ好きな玲奈さんが、このまま女として萎《しぼ》んでいくんじゃないかって、心配していたんです」

「エッチ、好き……」

はい、と菜々美はうなずく。

「玲奈さんが高橋さんを夜の交番に呼びつけたときから、期待していたんですけど、いくつ、と聞いたときは、私、ガッツポーズ作りましたから」

「そ、そう……」

不思議なふたりだ。

「高橋さんって、エッチお上手なんですね」

「えっ……そ、それは……」

「だって、玲奈さんをいかせまくりなんて、すごいです」

と、菜々美がじっと拓也を見つめている。つぶらな瞳で見つめられると、ドキドキする。玲奈にばかり気を取られていたが、菜々美もアイドルのような愛らしさがある。

拓也と菜々美の前を、男が通った。

すると、菜々美の顔が急に引きしまった。

「あいつ……」

とつぶやくと、

「すみません。緊急事態です」

と言って立ちあがり、男をつけはじめた。白いナマ足が遠ざかっていく。拓也も立ちあがり、菜々美を追う。

あの男はなにかの指名手配犯なのだろうか。男はポロシャツにジーンズ姿だ。二十代半ばくらいだろうか。菜々美がつけていたが、まったく振り返ることなく、まっすぐ歩いている。

アパートが見えてきた。外階段から、女性が降りてきていた。

「真奈美《まなみ》っ」

と、男が声をかけ、駆け出す。それに気づいた女が、あわてて外階段をあがっていく。

菜々美も駆け出した。男も外階段をあがろうとする。そのとき、

「木島《きじま》っ、止まりなさいっ」

と、菜々美が叫んだ。

が、木島と呼ばれた男は立ち止まることなく、外階段をあがっていく。女のことしか頭にないようだ。

「木島っ、ストーカー規制法違反ですっ。あなたには、接近禁止命令が出ていま

すっ。ご存じでしょう」

と、菜々美が叫ぶも、まったく振り返らない。菜々美も外階段を駆けあがっていく。

拓也はアパートの裏手にまわった。外廊下が見える。

木島がいちばん端の部屋のドアをたたいている。

「真奈美っ、開けろっ。俺に会いたいだろうっ。わかっているんだよっ」

「木島っ、すぐにここから立ち去りなさいっ」

菜々美が木島に命じる。

が、命じる姿が、あまりにギャップがありすぎる。

ピタTにショーパン。ピタTの胸もとは挑発するように張っていて、ショーパンから出ている脚線美は惚《ほ》れぼれする。

とても警察官には見えない。

木島もそう思ったのか、まったく無視して、ドアをたたきつづける。

「木島っ、接近禁止違反で逮捕します」

肩からかけているポシェットを開くと、手錠を取り出した。

まさか、持っていたとは。

それを見た木島が、ようやく菜々美が警察官だと認識したようだ。

「ちきしょうっ」

と叫ぶと、外廊下の柵を乗り越え、飛び降りた。

ちょうど拓也の目の前に、木島が飛び降りていた。

立ちあがろうとする木島に、拓也は反射的に抱きついていた。

「放せっ」

と、木島が拓也の顔面を殴ってくる。頬に握り拳がめりこんだが、拓也は木島に抱きついたまま放さない。すると、

「木島っ」

と叫びつつ、菜々美がまわし蹴りを炸裂《さくれつ》させた。

木島の額に見事にヒットして、一撃で倒れていった。

菜々美は木島の両腕を背中にねじあげると、手首に手錠をはめた。

「確保っ」

と叫ぶと、拓也を見た。

「ああ、頬が」

と、パンチを食らった頬を撫でる。

痛っ、と顔を歪《ゆが》めると、菜々美が頬をぺろりと舐めてきた。そしてそのまま、拓也の口を奪ってきた。

あっ、と思ったときには、ぬらりと舌が入っていた。

「うんっ、うっんっ」

お互いの舌を貪り食らうようなベロチューとなる。

「ああ、容疑者に手錠をはめると、すごく興奮するんです」

火の息を吐きつつ、菜々美がそう言う。

「玲奈さんも、そう言ってました」

「そうでしょう。今、すごくしたい気分です」

と、菜々美が言う。いつの間にか、瞳が濡れている。唇は半開きのままだ。

「えっ……」

ここで押し倒してくれ、ということか。が、そんなことできないぞ。

菜々美がどうします、と見つめている。

えっ、どうしよう。

迷っていると、菜々美がポシェットからケータイを取り出し、警察署に電話をかけた。

「ストーカー規制法違反の容疑者を確保しました」

菜々美は警察官の顔に戻っていた。

すぐに押し倒したら、菜々美とエッチできたのだろうか。

「ご協力、感謝します」

と言って、菜々美が拓也に向かって敬礼した。

# 第三章　美人警部補の銃身ナデ

## 1

平日の午後――拓也は会社の用で、会社近くの銀行にいた。こぢんまりとした支店だ。

待ち合いのソファーに座って待っていると、黒ずくめの男が入ってきた。まっすぐカウンターに向かうと、懐から拳銃《けんじゅう》を取り出した。

「金を出せ」

と告げる。

「動くなっ。みんな動くなっ」

もうひとり仲間がいた。出入口のドアの前で拳銃を構えている。こちらも黒ずくめだ。ふたりとも、覆面マスクをつけていた。目と口だけが出ている。

拓也の対面の待ち合いソファーに座っていた女性が立ちあがった。出入口の前に立つ男に向かっていく。ベージュスのスーツ姿の女性だ。

あっ、あれは……津島警部補っ。

「なにをしているっ。死にたいのかっ」

男が津島警部補に拳銃を向けた。津島警部補は構わず迫る。男が天井に向かって、一発放った。

どんっ、と凄まじい音がして、きゃあっとあちこちから悲鳴があがった。と同時に、津島警部補が背後から羽交い締めにされていた。

もうひとり仲間がいたのだ。羽交い締めにしている男は拓也同様、スーツ姿だった。ここではスーツ姿が保護色になっている。拳銃をぶっ放したときに、かぶったのか、覆面マスクをつけていた。

スーツに覆面マスクだと、逆にいちばん目立つ。

拳銃をぶっ放した男が羽交い締めにされた津島警部補に迫り、拳銃で殴った。

「ぐえっ」

津島警部補の美貌が真横を向く。

男は津島警部補のジャケットのボタンをはずし、前をはだけていく。白いブラウスがあらわれる。胸もとが高く張っている。

こんなときなのに、胸でかいな、と思ってしまう。

男がジャケットの内ポケットに手を入れた。

警察手帳を取り出す。

「やっぱりサツか」

「すぐ捕まるわ。こんな割に合わないこと、すぐにやめなさい」

津島警部補がきりっとした瞳で、男をにらみつける。

「津島渚《なぎさ》警部補。その若さで警部補か」

ふうん、と男がうなずく。銃口を高く張った胸もとに向ける。

津島警部補は、渚という名前なのか、と拓也は思った。

「さあ、拳銃を置きなさい」

羽交い締めにされて、銃口を突きつけられているが、渚は気丈に対応している。

「拳銃ねえ。渚、あんた、おっぱいでかいな」

いきなり名前を呼び捨てにしつつ、銃口で高く張った胸もとを押す。

「おいっ、シャッターを閉めろっ」

と、カウンターにいる男が、奥にいる支店長に向かって叫ぶ。

支店長がためらっていると、

「きゃあっ」

と、カウンターから悲鳴があがった。

男がカウンターの女性社員の髪をつかみ、引きよせて、銃口を鼻に押しつけたのだ。

「閉めてっ」

と、渚が叫ぶ。すると、外のシャッターが閉まりはじめる。

「おいっ、金を出せ。ありったけの金を出すんだ」

と、男が支店長に向かって叫ぶ。

支店長がためらっていると、渚のバストに銃口を押しつけていた男が、待ち合いソファーに目を向けて、

「おまえ、脱げっ」

と、若い女性に言った。ブラウスにスカート姿のＯＬふうだ。拓也同様、会社の使いで来ているようだ。

「なにしているっ。そこに立って、脱げ」

若い女性がためらっていると、また、どんっと銃声が鳴った。

今度は、監視カメラに向かって放たれていた。

「ひいっ」

と、悲鳴をあげて、若い女性が立ちあがった。フロアに出てきて、ブラウスのボタンに手をかける。

「待ってくださいっ。金を出しますからっ」

と、支店長が手近の現金をかき集め、カウンターにやってくる。

「ばかにしているのかっ。金庫の中の金だっ。一億はあるだろう」

「そんなにありませんっ」

「とにかく、開けろっ」

「は、はい……」

「おまえ、はやく脱げっ」

と、男が若い女性に命じる。若い女性は救いを求めるように渚を見つつ、ブラウスのボタンをはずしていく。

「待ってっ」

と、渚が言った。

「私が脱ぐわ。いいでしょう」

「そうかい。変なまねするなよ」

と言って、男が若い女性を引きよせて、その胸もとに銃口を突きつけた。

スーツの男が羽交い締めを解《ほど》いた。

渚は前に出ると、ジャケットを脱いだ。

男に向かって投げる。そして、ブラウスのボタンに手をかける。

みなの目が、渚に向いている。客は拓也を入れて五人。カウンターの奥には、銀行員が六人いた。ふたりが窓口で、奥にふたりの女性。男性社員はふたりしかいなかった。ほかの社員は営業で出ているのだろう。

「はやく、金庫を開けろっ」

と、カウンターの男が叫ぶ。奥の壁ぎわに支店長と次長らしき男がいる。次長らしき男が金庫のナンバー錠をまわしている。

渚がブラウスのボタンをはずしはじめる。

白いふくらみがあらわれる。ブラはハーフカップだった。豊満なふくらみが、今にもこぼれそうだ。

渚がブラウスを脱いだ。素晴らしい上半身があらわになる。張り出したバスト、くびれたウエスト。

惚れぼれするようなプロポーションだ。

「スカートも脱げ」

「今、金庫を開けていますからっ。もう、お客様にはなにもなさらないでくださいっ」

と、支店長が叫ぶ。

「遅いぞ。なにか企《たくら》んでいたら、承知しないぞ」

「なにも企んでいませんっ」

渚がスカートのサイドホックに手をかけた。

スカートも脱ぐのか。このようなときなのに、拓也は生唾を飲みこむ。

渚がスカートを下げていく。

おうっ、と男たちがうなった。拓也もうなっていた。

ブラと同じ白のパンティだったが、フロントはシースルーで、Tバックだったのだ。アンダーヘアが透けて見え、ぷりっと張った尻たぼは完全露出となった。

「警察官のくせして、エロい下着じゃないか」

「よし、行くぞ」

と、男が銃口をたわわなふくらみに突きつけ、渚の腕をつかむ。そして、カウンターの中に入ろうとする。

「おまえ、開けろ」

と、そばに座っている女子行員に命じる。女子行員が扉を開いた。

男はブラとパンティだけの渚を引っ張るようにして、奥へと歩いていく。

長い足を運ぶたびに、尻たぼがぷりぷりとうねっている。

こんなときなのに、ブラとパンティだけの渚はエロかった。いや、こんなとき
だからこそ、場違いな姿はよけいエロティックに見えるのかもしれない。

「はやく、開けろっ。なに、もたもたしているっ」

「もう外に警察が来ているわ。どうやって、逃げるつもりなの」

と、渚が聞く。

「おまえに活躍してもらうからな」

と、男が答える。

「私が、活躍……」

金庫が開いた。札束が山積みだ。

「よしっ、袋に入れろっ」

「そのような袋はありません」

と、支店長が言う。

するとフロアで、きゃあっ、と若い女性の悲鳴が聞こえた。

銃口を胸もとに突きつけられたまま、ブラウスのボタンを弾き飛ばされていた。ブラウスがはだけ、黒のブラに包まれたバストがあらわれる。かなりの巨乳だった。

「はやくしろっ。向こうの客も、パンティまる出しさせていいのか」

「これ以上、お客様には……」

次長が棚から大きな布袋を出してくる。

「よし、それに入れろっ」

渚の腕をつかんでいる男が、そう命じる。銃口はずっとブラからはみ出ている乳房のふくらみに押しつけられている。

引き金を引けば、そのまま乳房が吹っ飛ぶだろう。

支店長と次長が札束を入れるなか、電話が鳴りはじめた。

「出ろ」

と、男が言う。はい、と支店長が電話に出た。

「S銀行M支店でございます。はい。三人いらっしゃいます」

「おまえ、よけいなことは言うなっ」

「あの、電話、代わってくださいと」

「誰からだ」

「S署の榊原《さかきばら》様です」

「スピーカーフォンにしろ」

と、渚の乳房に銃口を押しつけている男が言う。支店長がスピーカーフォンにした。

「津島ですっ」

と、渚が叫ぶ。

「おまえ、黙ってろっ」

「津島、なぜおまえが、そこにいるっ」

「たまたま居合わせて。みなさん、無事です」

「そうか」

「これから、外に出る。この美人にはしばらくつき合ってもらう。俺たちを捕まえようとしたら、このきれいなおっぱいが吹っ飛ぶぞ」

「おっぱい……」

「今、脱いでもらっているんだ」

「えっ……」

袋、詰めました、と支店長が言う。

「そういうことだ」

男が電話を切った。

「よし、おまえたち、袋を社員通用口に運ぶんだ」

「裏から逃げるのね」

「刑事さんには、表から出てもらう」

「えっ」

男は乳房に銃口を押しつけたまま、拓也のいるところに戻ってくる。

ブラとパンティだけの肢体は、たまらなくセクシーだ。このようなときなのに、股間が疼いてたまらない。

若い女性の腕をつかんでいた男が、ブラウスを脱ぐように命じる。若い女がすがるように、渚を見る。

「はやく脱げっ」

とどなりつけられ、若い女性がブラウスを脱いだ。黒のブラとスカートだけになる。

「スカートも脱げ。ほら、急げっ」

若い女性がスカートも下げていく。ベージュのパンストに包まれた下半身があらわれる。透けて見えるパンティはブラと揃《そろ》いの黒だ。

「よし、こっちだ」

と、若い女性をフロアの奥へと引っ張っていく。スーツ姿の男も奥へと向かう。

「私を囮《おとり》に使うのね」

「そういうことだ」

渚は出入口の前に立たされる。

ふたりの強盗犯は黒の下着姿の女を連れて、社員通用口へと向かっている。

「あなたはどうするの」

「俺の代わりはそうだな。おまえっ、ちょっと来い」

と、拓也が指名を受けた。

「えっ……」

「はやく、来いっ」

拓也が近寄る。渚が拓也に気づく。

「シャッターを開けろっ」

と、男が命じる。シャッターがあがりはじめる。

「おまえ、これを持て」

と、男が銃をいきなり拓也に渡した。銃は想像していた以上に重かった。

「刑事のおっぱいに、銃口を当てろ」

男がずっと銃口を突きつけていたところが、赤く痕になっていた。それが、なんともエロい。

「はやくしろっ」

男はもう一丁、拳銃を持っていた。それで、拓也を威嚇する。

拓也は渚を見る。渚は宙を見つめている。その眼差しは凛《りん》としていた。

拓也は銃口を渚の乳房に寄せていく。

「もうひとつ、痕をつけてやれ」

と、男に言われ、拓也は反対側のふくらみに銃口を押しつけた。

すると、ぴくっと渚の身体が動いた。

「両腕をあげろっ」

と、男が言う。

渚が言われるまま、両腕を万歳するようにあげていく。

すると拓也の目の前に、美人刑事の腋《わき》の下があらわれる。すっきりと手入れの行きとどいた腋の下を間近に見て、拓也は一気に勃起させていた。

シャッターがあがり、扉の向こうが見えてくる。遠巻きに人だかりができていた。正面にパトカーが二台止まっている。一台はミニパトだ。

あっ、玲奈さんっ、菜々美さんもいるっ。

下着だけの渚を見て、目をまるくさせている。いや、銃を乳房に突きつけている拓也を見て、驚いているのか。そのほかに、ふたりの私服刑事がいた。

「よし、出ろ」

と、男が言う。

拓也と渚は扉へと向かう。すると、男が駆け出した。

「撃ってっ」

と、渚が言う。えっ、と戸惑っていると、拓也から銃を奪い、すぐさま引き金を引いた。

どんっ、と凄まじい音がする。

渚は男を追いかけつつ、さらに銃を撃つ。

表の扉から、警察官がなだれこんできた。

「裏手ですっ」

と、渚が叫ぶ。

菜々美が一直線に拓也に駆けより、抱きついてきた。

「あっ、菜々美さん……」

「大丈夫ですかっ、拓也さんっ」

と、菜々美も名前で呼んできた。

その間にもまた、ぱんっと拳銃が鳴る。すると、ぎゃあっ、と男が叫んで、倒れていった。

命中したようだ。すごい。

渚は倒れた男を飛び越え、社員通用口へと向かう。

そしてまた、ぱんぱんっと銃声がした。

2

「六発も撃って、興奮したわ」

渚が机に拳銃を置き、そして銃身を白い指で撫ではじめる。

差し向かいに座っている拓也は、生唾を飲みこむ。

「男たちの足に命中したときは、あそこがきゅんとしたわ」

「そ、そうですか……」

銃身を撫でる渚の目は、爛々《らんらん》と光っている。

結局、渚が三人の強盗犯すべてを銃で倒していた。みな、足を貫通させていた。

拓也が見たのは、最初の男だけだったが、そのあと社員通用口から若い女性を盾にして、用意していた車に乗りこもうとしていたふたりの足を背後から撃っていた。二発とも見事に命中して、社員通用口の前に張っていた警察官が、一気に迫って捕らえたらしい。

「悪党に向かって銃を撃てるなんて、めったにないの。警察官人生でもほとんどが一発も撃たずに終えるの」

「そうですよね」

「六発も撃てるなんて、ラッキーだったわ」

拓也は県警本部にいた。取調室にふたりで入っていた。すでに、事情聴取は終えていた。

渚が立ちあがった。こちらにまわってくる。

渚は白のブラウスに紺のスカート姿だ。ブラウスの胸もとはぱんぱんに張っている。

「今、すごく興奮しているの。六発も撃った興奮が、まったくおさまらないの」

「そ、そうですか」

あごを摘まれた。

渚が美貌を寄せてくる。拓也は完全に固まっていた。その口に、渚が唇を押しつけてくる。

「なにしているの。口を開きなさい。私の唾が欲しくないの」

「ほ、欲しいです……」

拓也はどうにか口を開いた。

再び、渚が唇を重ねてくる。そして、ぬらりと舌を入れてきた。渚の舌が拓也の舌に触れた瞬間、電撃が走った。

射精しそうになる。ぎりぎり堪《こら》え、舌をからめる。

「うんっ、うっんっ」

渚は拓也の舌を貪ってくる。かなり興奮しているのが伝わってくる。玲奈巡査長もヤクの売人を捕らえて興奮して、拓也を求めてきたが、渚の興奮度はその数十倍くらいあった。

なんせ、銀行強盗を銃で撃って、捕らえたのだ。

「うっんっ、うんっ」

渚が唾液を注いでくる。拓也は舌をからめつつ、ごくんと飲む。甘露だ。股間にびんびん来る。

「ああ、私もこれで撃たれたくなったわ」

唇を引くと、机から拳銃をつかみ、そろりと銃身を撫でる。

「ああ……」

自分のペニスを撫でられているようで、拓也は思わず腰をくねらせてしまう。

「拓也さんも、ぶちこみたいでしょう」

「は、はい、ぶちこみたいです」

「私はぶちこまれたい。あなたはぶちこみたい」

そう言いながら、ぐっと銃身をつかむ。

「ああっ」

拓也は腰を震わせる。

「送ってあげるわ」

そう言うと、渚は取調室から出た。

拓也は落ち着かなかった。パトカーの助手席にいるからだ。信号停車のたびに、渚は手を伸ばし、スラックスの股間をつかんでくる。そして、はあっ、と火の息を吐く。

そもそも渚は、今日は非番らしい。たまたま銀行にいて、強盗に遭遇したようだ。拓也は直帰していいと、会社から言われていた。

ふたりとも、これから予定はないのだ。エッチする以外は。

信号停車のたびに、歩道にいる住人の視線を感じる。拓也はスーツ姿で助手席にいるから、警察官と思われているだろう。

渚が運転しているから、渚が部下で拓也が上司だと思われているかもしれない。

「ああ、ずっと大きいわね」

そう言って、ぐいっとつかんでくる。

「ああっ……」

拓也はパトカーの中で、腰をくねらせる。

「あそこです」

アパートが見えてきた。渚が近くの時間貸し駐車場に止める。ということは、拓也の部屋でやるということなのか。

一気に緊張してくる。

パトカーを降りるとき、近所の住人がこちらを見た。

一瞬、犯罪者と思われたかと思ったが、手錠なしで助手席から降りているのだ。刑事と思われただろう。渚、行くぞ、と言いそうになる。

外階段をあがり、二〇三室の前に立つ。

「あら、隣、玲奈の部屋ね」

「はい……」

「あら、そうなのね。毎日、ぶちこんでいるのかしら」

「えっ、いや、まさか……」

「そうなの。まだ、浩二さんのことを思っているのかしら」

やりました、と言ったほうがいいのか。いや、これはプライベートなことだ。渚に話すことではないだろう。

拓也はドアの鍵《かぎ》を開けると、どうぞ、と勧めた。

中に入るなり、渚が持参したバックを置き、抱きついてきた。唇を重ね、スラックスのベルトをゆるめていく。

「うんっ、うっんっ」

貪るようなキスをしつつ、器用にベルトをゆるめ、一気に下げる。そして、舌をからめたまま、ブリーフも下げていった。

弾けるようにあらわれたペニスをぐいっとつかんでくる。

「ああ、硬いわ。拳銃より硬いわ」

そんなことはないと思うが、鋼のようにびんびんではあった。

拓也は靴を脱ぎ、廊下にあがる。渚もパンプスを脱ぎ、廊下にあがると、すぐさま、その場に膝をついてきた。

「あっ、津島さん……」

渚が足下にひざまずいたことに驚いたが、すぐにぱくっと咥えられ、さらに驚いた。

一気に根元まで咥えると、唇を引き、

「渚って、呼んでいいわよ」

と、甘い声で告げる。そしてすぐに、咥えてくる。

「あ、ああっ……」

鎌首が痺《しび》れる。胴体が痺れる。

気持ちよくて、拓也は腰をくなくなさせる。

「うんっ、うんっ」

渚は拓也のペニスを貪り食ってくる。

「ああ、もう我慢できないわ。とりあえず、ぶちこんでもらえないかしら」

そう言いながら立ちあがると、渚はスカートの中に手を入れて、銀行で見たすけすけのパンティを下げていく。

「これ、もう、ぐしょぐしょなんだけど、非番だったから、替えのパンティ持ってきてなくて」

「仕事のときは、替えのパンティ持っているんですか」

玲奈は持っていた。

「当たり前でしょう。容疑者に手錠をかけるときは必ず、どろりと愛液が出るから、いつ濡れてもいいように、二枚は持っているわ」

「二枚……」

玲奈と同じだ。

そう、と言いつつ、渚が足首からすけすけパンティを脱いだ。

「これ、あげるわ。記念に」

と言って、透けパンティを拓也の顔にかけてくる。

「ううっ……」

パンティをかけられるなんて、屈辱的だったが、拓也はペニスをひくつかせて、喜んでいた
発情した牝の匂いが拓也の顔面を包んでいる。

ひくつくペニスを見て、

「喜んでもらえているようで、よかったわ」

と、渚が言い、廊下に押し倒していく。

仰向けになった拓也の股間を、渚がすらりと伸びた足で跨いでくる。そして、スカートの裾をたくしあげていく。それにつれ、むちっとあぶらの乗った太腿がつけ根に向かってあらわになっていく。

それを見あげていると、渚の恥部があらわれた。

「あっ、パイパンっ」

と、思わず声をあげた。

津島渚警部補の恥部には、ヘアがなかった。つるんとした恥丘に、ひとすじの割れ目が刻まれている。

それは両足を開いているにもかかわらず、ぴっちりと閉じたままだ。

「パイパン、嫌いかしら」

「好きですっ。大好きですっ」

実際のところは、パイパンが好きかどうかわからなかったが、渚の剝き出しの割れ目はそそった。

その証拠に、どろりと我慢汁が出てきた。それを見て満足したのか、うふふ、と笑い、渚が腰を落としてくる。

玲奈に続いてふたりめの女となるのか。驚くことに、ふたりとも警察官だった。

割れ目が鎌首に触れた。

が、渚はいきなり咥えこんではこなかった。じらすように、割れ目で鎌首をなぞってくる。

「ああ、ああ、渚さん……」

拓也は情けない声をあげる。

「どうしたのかしら」

「入れたいです、ああ、入れたいです」

「じゃあ、入れたら」

と、渚が言う。

どうしてこうも、警察官の女はSなのだろうか。

拓也が腰を突きあげると、渚も恥部をあげていく。入りそうで入らない。さらなる我慢汁が出てくる。

「ああ、渚さんっ、おま×こ、入れたいですっ」

さっきまでは渚が欲しがっていたが、今は拓也が入れたがっている。

渚が跨いだまま移動する。顔の上まで来ると、恥部を下げてきた。拓也の顔面に渚の割れ目が迫ってくる。

次の瞬間、じゅるっと鼻先におんなの粘膜を感じた。

渚はそのまま、ぐりぐりとおま×こをこすりつけてくる。

「はあっ、ああ……」

「うう、うう……」

拓也はうなりつつ舌を出すと、渚の花びらを舐めていく。

「あっ、それいいっ」

がくがくと恥部を震わせ、渚のほうからおま×こを口に持ってくる。

拓也は燃えるような粘膜を舐めていく。

「あっ、ああ……ああ……」

大量の愛液があふれてくる。舐めても舐めても、あらたな蜜が出てくる。

3

「もう、だめっ」

と言うと、渚が恥部を下半身へと移動させる。ずっと天を衝《つ》いたままのペニスを逆手でつかむと、一気に腰を落としてきた。

さっきとは違い、すぐさま鎌首が燃えるような粘膜に包まれた。そのまま、ずぶずぶと咥えこんでくる。

「あうっ……うんっ」

「ああっ……」

渚と拓也が同時に声をあげる。

瞬く間に根元まで咥えこまれた。完全につながった。

「はあっ、ああ……う、うんっ」

つながっただけで、渚はいったような顔を浮かべる。

拓也は腰を動かし、突きあげる。

「ああっ、いいっ」

ひと突きで、渚が喜悦の声をあげる。

拓也は渚の声に煽《あお》られ、ぐいぐい突きあげる。

「あっ、ああっ、いいわっ、ああ、なんか、すごいわっ、拓也さんっ」

すごいのは最初だけだった。すぐに出そうになり、突きをゆるめる。

「あんっ、どうしたのっ。もう、終わりなのっ」

今度は渚のほうから、肉の結合部をぐりぐりこすりつけてくる。おま×こが強烈に締まり、先端からつけ根まで刺激を受ける。

「ああ、渚さんっ」

「熱いわ」

と、渚が腰をぐりぐりさせつつ、ジャケットを脱ぎ、ブラウスのボタンをはずしていく。ハーフカップのブラからこぼれそうな乳房があらわれる。

銀行では、ブラの中身は見ていない。

乳首、ああ、渚さんの乳首、見たいっ。

「はあっ、乳首見たいのなら、もっと突きなさい」

「ああ、どうして乳首、見たいってわかるんですかっ」

「犯罪者の気持ちなんて、お見通しよ」

「僕、犯罪者じゃありませんっ」

「そうだったかしら。女をよがらせながら、突くのをすぐにやめるのは犯罪よ、拓也さん」

渚が上から美しい黒目でにらみつける。

すみませんっ、と思わず謝る。昂らせてやめるのは、確かに罪だと納得する。

そして再び、下から突きあげる。

「あっ、そうよっ。もっと、強く」

渚が火の息を吐きつつ、両手を背中にまわす。そして、ブラのホックをはずした。ブラカップがまくれ、たわわなふくらみがあらわれる。

ああ、乳首っ。渚さんの乳首っ。

警部補の乳首は、つんととがりきっていた。

「ああっ、大きくなったわ。ああ、もっと大きくなるのね。いいわ、拓也さん」

「あ、あの……」

「乳首、舐めたいのね」

「ああ、わかるんですね」

「だから、犯罪者の気持ちは手に取るようにわかるって言ったでしょう」

「犯罪者じゃありませんっ」

と叫び、力強く突きあげる。

「ああっ、いいわっ。そうよ」

渚ははだけたブラウスを脱ぎ、ブラを取った。スカートだけとなると、女性上位でつながったまま、上体を下げてくる。

乳房が迫ってくる。前屈《まえかが》みになっているため、よけい重量感が増している。

「あ、ああ、おっぱい」

拓也のほうからも顔をあげていった。

顔面が渚の乳房に包まれる。

「ううっ……」

とうなりながら、とがった乳首に吸いついていく。そして、じゅるっと吸った。

「はあっ、あんっ」

渚が敏感な反応を見せる。銃を六発放った興奮が、まだ続いている。今なら、なにをしても感じてくれる。

童貞を卒業したばかりの拓也でも、ＡＶ男優のようになれる。

拓也は乳首を吸いつつ、腰を突きあげる。

「ああっ、いいわっ」

上体を反らし、渚が火の息を吐く。

「もっと、強くっ」

はいっ、と返事をするも、強くは突きあげられない。激しくすると出そうなのもあったが、おま×この締めつけがきついのだ。

「あんっ、じれったいわ」

むずかるように鼻を鳴らすと、渚が恥部を引きあげはじめる。

「あっ、渚さんっ」

渚の穴から拓也のペニスが出てくる。それは愛液でどろどろだ。

立ちあがった渚が、スカートも脱いだ。全裸になると、壁に両手をついた。

「うしろから、入れて。うしろからだと、激しくできるでしょう」

「立ったままですか」

「そうよ。嫌いかしら」

首をねじって、渚が聞く。

「好きですっ、大好きですっ」

ぷりっと高く張ったヒップラインが素晴らしい。

拓也も起きあがった。尻たぼをつかむと、ぐっと開き、立ちバックで入れていく。

思えば、玲奈巡査長にも立ちバックで入れていた。まさか、ふたり連続で立ちバックとは。警察官は立ちバックが好きなのだろうか。

蟻の門渡りを鎌首が通過するだけ、あんっ、と渚がヒップをくねらせる。

割れ目に到達すると、ずぶりと突き刺していった。

「いいっ」

渚が歓喜の声をあげる。肉の襞がざわざわとからみつき、締めてくる。そんななか、奥まで貫いていく。

「いいわっ、硬いわっ。ああ、強く突いてっ。渚をめちゃくちゃにしてっ」

めちゃくちゃは無理だが、めちゃくちゃにして、という言葉に燃えて、拓也は渾身の力で突いていく。

「いい、いいっ」

渚がしなやかな両腕を頭の上にあげていく。白い腕の動きがそそる。

拓也は歯を食いしばって、突いていく。

「いい、いい、おち×ぽ、いいっ」

渚は感じてくれている。それはよかったが、はやくも限界が来ていた。

「だめっ、ゆるめちゃ、だめっ」

「でも……」

「いいわっ。出していいわっ。犯罪者のザーメンを浴びせてっ」

どうやら、渚は犯罪者という言葉に燃えるようだ。

「いいんですかっ、犯罪者のザーメンをおま×こに受けても」

と、拓也も調子を合わせる。

「いいわっ、ああ、ちょうだいっ」

おま×こも、ちょうだいと強烈に締まる。

「ああ、もう、だめですっ」

「最後に強く突いてっ」

はいっ、と拓也は渾身の一撃を女性警部補の子宮にぶちこんだ。

「ひいっ……いくっ」

渚のいまわの声を聞いた瞬間、拓也も射精していた。どくどく、どくどくと凄まじい勢いでザーメンが噴き出す。

「いくいく……」

渚はさらにいまわの声をあげて、立ちバックでつながっている汗ばんだ裸体を痙攣させる。

大量に放つと、ペニスが押されるようにして出てきた。

すると渚はこちらを向き、ちゅっとキスするなり、その場に膝をついた。そして、ザーメンまみれのペニスにしゃぶりついてきた。

「ああっ、渚さんっ」

根元まで咥えられ、ちゅうちゅう吸われ、拓也は腰をくねらせる。くすぐった気持ちいいどころか、ペニスを根元から吸い取られるような錯覚を感じる。

「うんっ、うんっ」

渚は萎えかけていたペニスを貪り食ってくる。

すると、たった今出したばかりのペニスが、ぐぐっと力を帯びてくる。

「ああ、いいわ」

七分勃ちまで戻ったペニスを見つめると、渚は廊下で四つん這いになった。汗ばんだヒップを差しあげてくる。

「入れて。そのまま入れて」

「でも、完全に勃起してません」

「いいの。入れて、突いていると、大きくなるから」

わかりました、と尻たぼをつかみ、今度は普通のバックで入れていく。部屋に入ってから、まだ十歩も進んでいない。

拓也はネクタイを締め、ジャケットを着たままだ。

ずぶりと背後から入れていく。

「ああっ、いいわ……」

ぶるっと渚のヒップが動く。

奥まで突き刺しているうちに、拓也のペニスは瞬く間に完全勃起を果たした。

「もう、大きくなりました」

「当たり前でしょう。誰の中に入れているのかしら」

「そうでした」

「突いてっ、今度は激しく突けるでしょう」

突けますっ、と拓也は尻たぼをつかみ、ずどんずどんと突いていく。

「いい、いいっ、いいっ」

突くたびに、渚の背中が反ってくる。

華奢《きやしや》な背中も、ぷりっと張ったヒップも汗ばみ、裸体全体から甘い汗の匂いが立ち昇っている。部屋の廊下が、とても艶《つや》っぽい空間になっている。

「もっと、激しくっ」

と、渚がねだる。

拓也は渾身の力をこめて、渚をバックで突きまくる。

「あんっ、なにか物足りないわね」

「すみません……」

渚が立ちあがった。ペニスが抜ける。

4

渚が持参したバックを持って、奥に向かう。長い足を運ぶたびに、尻たぼがぷりっとうねる。

「広いわね」

廊下の奥は十畳のワンルームとなっている。壁ぎわにセミダブルのベッドを置いている。部屋の真ん中には、コタツ台を置いている。今の時期は、卓袱《ちゃぶ》台《だい》代わりだ。逆側の壁ぎわにはデスクを置いていた。その上にパソコンがある。

拓也はジャケットを脱ぎ、ネクタイをゆるめようとする。すると、

「ネクタイはそのまま」

と、渚が言う。そして、デスクの椅子《いす》を手前に持ってくる。

「はやく、どんどん脱ぎなさい」

と、渚が言う。

拓也はワイシャツを脱ぎ、Tシャツを脱ぎ、靴下を脱ごうとする。

「それも、そのままでいいわ」

渚は全裸、拓也はネクタイに靴下姿だ。全裸の渚はセクシーで、中途半端にネクタイと靴下を残している拓也はなんとも情けない。

渚はさっそくネクタイをつかむと、ぐっと引きよせた。

「そこに座って」

と、椅子を指さす。はい、と情けない姿のまま椅子に座る。

渚がバックを開ける。そこから、手錠を取り出した。

「突きがいまいちの犯罪者には、手錠が必要よね」

「い、いや、それは……」

「両手をうしろにまわして」

と、渚が言う。

玲奈同様、手錠プレイが好きなのか。女性警察官はみな、そうなのだろうか。手錠フェチか。

「はやくしなさいっ」

はいっ、と拓也は両手を背中にまわす。椅子の背もたれの外で、渚ががちゃりと手錠をはめてくる。

はめられた瞬間、どろりと我慢汁を出した。

なんてことだっ。はやくも手錠に身体が反応している。

前にまわってきた渚がペニスの先端を見て、

「あら」

と言う。なにかしら、これ、と言って、さっそく手のひらで先端を撫でてくる。

「あ、ああっ、すみませんっ。今度は、渚さんを満足させますっ」

「どうかしらねえ」

渚の目が光りはじめる。

右手の手のひらで先端をなぞりつつ、胸板に左手を向けてきた。乳首を摘まみ、ひねってくる。

「あうっ」

さらにどろりと我慢汁が出た。それに気づいたようで、さらに乳首をひねってくる。

「う、うう……」

拓也はがくがくと身体を震わせる。

渚が両手を引いた。そして、バックから拳銃を取り出した。

「そんなもの、持ってきていたんですね」

「いつも、携帯しているわよ」

「そうなんですか」

「これを持っているだけで、あそこが濡れるの」

拓也の前で、渚が銃身をなぞる。ペニスをなぞられているようで、ひくひくとペニスが動く。

「今日、銀行強盗が入ってきたとき、やったと思ったわ」

「そ、そうなんですか……」

「だって、銃を撃てると思って、すぐに、あそこがぐしょぐしょになったの」

拓也が肝を冷やしているとき、渚はパンティの奥を熱くさせていたのか。

「犯人が三人もいることがわかって、ときめいたわ。だって、少なくとも三発撃てるから」

そう言って、渚が銃口を拓也に突きつける。

「ひいっ」

と、息を呑《の》んだが、ペニスは反り返ったままだ。それどころか、あらたな我慢汁が出てくる。

「こういうの、好きなのね、拓也」

呼び捨てにして、銃口でペニスの胴体をなぞってくる。

「あ、ああ……」

拓也はがくがくと身体を震わせる。が、ペニスはびんびんに勃起している。

「一発目はわざとはずしたのよ」

「そうなんですかっ」

「だって、いきなり命中したら、六発撃てないでしょう」

そう言いながら、銃口で裏スジをなぞっている。

「ああ……」

我慢汁がどろりと出る。胴体まで垂れて、銃口を白く汚していく。

「二発目で足に当てて、すぐにあとのふたりを追ったの」

銃口を裏筋から引いた。ホッとするとともに、もう終わりか、と思ってしまう。

「ああ、社員通用口から出たら、犯人が女を盾にして、車に乗りこもうとしていたの。逃げられたらまずいから、迷わず撃ったわ」

「女性に当たったら、大変でしたね」

「当たらないわ」

「そ、そうですか……」

「私が狙《ねら》いをはずすことはないのよ。ああ、続けて四発撃ったときには、もう、あそこがぐしょぐしょだったの。できたら、あの場でち×ぽをぶちこんでもらうと、最高なんだけどね」

「そうですか……」

「ああ、思い出したら、また欲しくなったわ」

渚が拳銃を持ったまま、椅子に座る拓也の腰を跨いできた。

対面座位でつながってくる。

「あうっ、うんっ」

ずぶずぶと入っていく。瞬く間に、燃えるような粘膜に、拓也のペニスが包まれる。

「ああ、いかせて……おち×ぽで、狂わせて」

渚が腰をうねらせはじめる。

「突いてっ。狂わせないと、撃つわよ」

本当に撃つことはないとわかっていても、気持ちよくないと、思わず撃ちそうで怖い。

拓也は渾身の力をこめて、下から突きあげる。

「ああっ、そうよっ。もっと、強く」

渚が火の息を拓也の顔面に吹きかけながら、たわわな乳房を胸板に押しつけてくる。乳首と乳首がなぎ倒し合う。

「ああっ、もっと、もっと」

渚自体も腰を上下に動かしはじめる。

「ああ、それっ……」

「勝手に出したら、射殺よっ」

と言って、うなじに銃口を当ててくる。

ひいっ、と声をあげ、拓也はまさに死に物狂いで突きあげていく。

「いい、いいっ……そうよっ、もっと、拓也」

命懸けのエッチだ。

拓也のペニスはまさに鋼だった。銃口に負けないくらいこちこちになっている。

「ああ、ああっ、いきそうよ……ああ、いきそうよ」

「僕も出そうです」

「いっしょに……いっしょにいって、拓也」

「はいっ。いっしょにいきたいですっ」

拓也はとどめを刺すべく、全身全霊をこめて突きあげた。

「ひいっ……い、いく……」

と、渚が短く叫んだ。

おま×こがありえないというほど締まる。耐えきれず、拓也も放つ。

「おう、おうっ」

雄叫びをあげて、射精させる。

「あっ、いくいく……いくうっ」

ザーメンを子宮に受けて、渚も続けていく。

対面座位で抱きついたまま、お互いがくがくと身体を痙攣させる。

「ああ、もっと突いてっ。出しながら突いてっ」

渚にそう言われて、拓也は射精しつつ、突きあげていく。

「う、うう……いくいく、いくっ」

くいくいペニスを締めあげながら、渚はいきまくった。

「ああ、よかったわ、拓也」

「僕も最高でした」

つながったまま、渚が唇を重ねてくる。舌と舌とをからませながら、ペニスをなおもくいくい締めてくる。

「あっ……」

拓也は腰を震わせる。

渚が腰をあげていく。ザーメンまみれのペニスがあらわれる。

「お掃除してあげる」

と言うなり、渚が萎えかけたペニスにしゃぶりつく。

「ああ、渚さんっ」

銃プレイでSの顔を見せつつ、お掃除フェラをする渚に、拓也はあらたな興奮を覚える。

「あっ、すごい。また大きくなったわ」

じゅるじゅる吸われていると、みたび勃起を取り戻した。

「もう一回、できるわね」

と、渚が跨《また》がってきた。

# 第四章　処女巡査の勝負下着

## 1

その夜——拓也はベッドで目を覚ました。今、何時だっ、と時計を見ると、午後十時をまわっていた。

渚と三発やって、バイバイして、そのままベッドに寝て、五時間くらい寝ていたようだ。

腹が減ったな、と拓也は部屋を出た。コンビニに向かう。すると拓也の視界に、すらりと伸びたナマ足が飛びこんできた。

ひと目で、菜々美だとわかった。

菜々美は相変わらずのピタTとショーパンでコンビニに向かっていた。

三発抜いてふらついていた足取りが、一気に軽くなる。あっという間に追いつき、

「菜々美さん」

と、声をかける。

「あっ……」

振り向くと、菜々美が拓也の顔をのぞきこんでくる。

「えっ、な、なに……」

「やっぱり、隈《くま》がありますよ」

と、目の下を指さす。

えっ、渚警部補と三発やったことを知っているのか。警察の情報網は恐ろしいのか。

「すごいですよね」

「えっ、なにが……」

「だって、玲奈さんの次は津島警部補をいかせまくるなんて、どれだけ、エッチのテクがすごいんですか」

このこの、と菜々美が拓也の胸もとを突いてくる。

「えっ……いかせまくる……」

「今日、玲奈さん、早あがりで、アパートに戻って寝ようとしたら、隣からすごいよがり声が聞こえてきて、寝れなかったそうなんです」

「あのクールな津島警部補も、いくいく、とか言ったりするんですね」

菜々美の口から、いくいく、という言葉を聞いて、拓也はどきりとする。

この俺がエッチ上手だってでっ。つい最近まで童貞だった俺がっ。

菜々美は明らかに勘違いしている。いや、勘違いだろうか。玲奈が交番の取調室で、いくっ、と叫んだのも、渚が拓也の部屋で、いくいく、と叫んだのも事実なのだ。

「いいなあ、ふたりとも」

つぶらな瞳で拓也を見つめつつ、菜々美がそう言う。

いいなあって、どういうことだ。この目はなんだ。俺にいかされたいのかっ。

やはり、勘違いしている。玲奈と渚をいかせられたのは、ふたりとも犯罪者を捕まえたあとで、昂っていたからだ。特に渚は拳銃をぶっ放して、異常な興奮状態にいただけだ。

そこにたまたま、拓也のち×ぽがあっただけだ。

「玲奈さん、拓也さんにいかされてから、ずっと機嫌がいいんですよ。そんなにいいものなんですか」

「そうなの……」

「そ、そうだね……」

「ふうん。そうなんだ。菜々美はまだ知らないから」

処女ということかっ。

「そ、そうなの……」

「はい。キスも知らないんです。恥ずかしくて言えないけど今、言っちゃった」

あっという顔をして、菜々美が両手の手のひらで口もとを覆う。そんなアイドルのような仕草が愛らしい。

こんな菜々美も五年くらい警察官を務めると、渚のような女になるのだろうか。

「なんか、拓也さん相手だとなんでも言っちゃいます」

これって、好意を持っているというサインなのか。わからない。そんなサインを二十八年間もらったことがないからだ。いや、もしかして、どこかでもらっていたのか。俺が気づかなかっただけか。いや、そんなことはない。

「コンビニに、なに買いに来たんですか」

「ああ、お腹が空いたから」

「もしかして、津島警部補とエッチしたあと、ずっと寝てたんですか」

「い、いや、そうかな……」

「津島警部補のエッチって、激しいんですね」

「そ、そうだね……」

「玲奈さんとか津島警部を見ていると、エッチって、すごくストレス解消になるみたいですね」

「そうかな……」

「やっぱり、警察官ってすごくストレスがあるんですよ」

「そうだろうねえ」

「私もたまっているんです」

「えっ……」

「ストレスが……」

そういうことか。

でも、ストレスがたまるイコールあっちもたまるということか。

処女であれば、菜々美も拓也同様、二十二年間たまっているのかもしれない。

いや、女は男とは違うだろう。

「あの、日曜日、お暇ですか」

と、菜々美が聞いてきた。

日曜日——拓也は朝から駅前にいた。菜々美と待ち合わせしているのだ。デートの待ち合わせだ。

生まれてはじめてのデートに、拓也は緊張していた。玲奈で童貞を卒業し、渚とも激しいエッチをしたが、ふたりともつき合っているわけではない。犯人を捕らえて興奮しているときに、たまたまそばに拓也のペニスがあっただけにすぎない。

が、今日は違う。菜々美は拓也に好意を持ち、デートに誘ってきたのだ。

おそらく……エッチがある……おそらく……。

菜々美が見えた。

拓也に気づくと右手をあげて、振ってくる。

「ああ……菜々美さん……」

菜々美はショートパンツ姿だった。裾をかなり切りつめ、太腿のつけ根近くまであらわになっている。

それだけではない。今日は朝から初夏のような陽気だが、そんなこともあってか、ノースリーブのカットソーを着ていたのだ。

右手をあげたため、さっそく腋の下が見えている。
菜々美は手を振りながら駆け寄ってくる。とびきりの笑顔だ。あんなにかわい
い子が、拓也を見て、笑顔で走ってきているのだ。
これはもう奇跡と言っていい。玲奈とエッチしたのも、渚とエッチしたのも奇
跡だが、さらに上をいく奇跡だ。
菜々美の胸が弾んでいる。胸もとがぷるんぷるん躍っている。
玲奈や渚に負けない巨乳だ。女性警察官はみな、巨乳なのか。
「お待たせしましたっ」
荒い息を吐いて、菜々美がそう言う。
「いや、まだ五分前だから」
拓也は二十分前からここにいた。
「じゃあ、行きましょう」
菜々美がいきなり手をつないできた。
えっ。公衆の面前で、手つなぎっ。
狼狽《うろた》えていると、さあ、と菜々美が引っ張っていく。拓也はこの状況ですでに、
満足していた。菜々美のようなかわいい子と手をつないで電車に乗るなんて、夢

のようだ。

電車が来た。並んで座る。座っている間も、菜々美は手をつないでいる。すでに、大量の手汗をかいていた。大丈夫なのだろうか。

菜々美はこれから行く水族館の話をしている。

「いつも、ひとりで行っているんです。拓也さんとふたりで行けて、うれしいです」

「僕も、うれしいよ」

二十分ほどで水族館のある駅についた。

改札を抜けると、水族館に向かう人でいっぱいになる。家族連れが多いが、カップルもけっこういる。

男たちがちらちらとこちらを見ている。水族館に向かう女性たちの中でも菜々美はひときわ目立っていた。すらりと伸びたナマ足を出していることもあったが、なによりかわいかった。

これまでは、なんだいあいつ、と彼女連れの男をにらんでいたほうだったが、今は違う。羨《うらや》ましがられるほうにいるのだ。

どうだいっ。俺の彼女。いい女だろう。処女だぜ、処女。今夜、エッチをするんだぜっ。

「拓也さん、楽しそうでよかったです」

「えっ」

「だって、ずっとにこにこしているから」

本当はにこにこではなく、にやにやだった。

それから、夢のような時間が過ぎていった。イルカのショーでは、イルカが大きな飛沫《しぶき》をあげるたびに、きゃあっと叫んで、拓也に抱きついてきた。

そのとき、すかさず剝き出しの二の腕をつかみ、そっと撫でていた。

夢のような時間はあっという間に過ぎて、拓也と菜々美は地元の駅に戻っていた。すでに、水族館から出てすぐのレストランで、夕食は取っていた。

「あの……」

「な、なに……」

「拓也さんのお部屋に寄っていいですか」

「い、いいよ、もちろん……」

うれしい、と菜々美がぎゅっと手を握ってくる。行きのときはただ手をつないでいただけだったが、帰りの今は、五本の指をからめ合っている。

俺の部屋に行くということは、エッチということだ。菜々美は俺が、かなりのエッチテクの持ち主だと勘違いしている。勘違いしているから、部屋に寄ってもいいですか、と聞いているのだ。

これはまずい。玲奈と渚がいきまくったのは、犯罪者を捕まえた興奮からだ。菜々美も悪党を捕まえたら、その興奮で、拓也の拙いエッチでも初体験でいくかもしれない。

そうだ。悪党を捕まえるのだ。出てこいっ。

「ちょっと……」

と、拓也は駅の裏手の飲み屋街へと向かおうとする。

「お酒は……いいです……あまり強くなくて」

「そう……」

と言いつつも、拓也は飲み屋街へと菜々美を連れていく。

なにか起これ。事件はないのか。ひったくり。痴漢。ストーカー。無銭飲食。

ほらっ、なにか起これっ。

こんなに犯罪を望むことは、これまでの人生になかった。

「あの……菜々美をお部屋に連れていきたくないのですか」

と、菜々美が悲しそうな顔で聞いてくる。

「いや、まさかっ」

「玲奈さんや津島警部補のような色気はないですものね」

拓也を見つめるつぶらな瞳に、じわっと涙が浮かびはじめる。

まずいっ。

「そんなことはないよっ。ごめんね。アパートに行こう」

犯罪者を捕まえた興奮に頼ってはだめだ。ここは素面《しらふ》の菜々美を、俺のテクで感じさせるのだ。

拓也は菜々美の手を強く握りしめた。すると、菜々美が握り返してきた。

アパートに着いた。なにも犯罪は起こらなかった。

「なんか、ドキドキします。男の人の部屋に入るなんて、はじめてだから」

「あの、玲奈さんは？」

隣にいると、よけい緊張してしまう。

「玲奈さんは交番勤務です。今日は朝までです」

「そうなんだね」

「玲奈さんが気になりますか」

と、また泣きそうな表情を浮かべる。

そんな菜々美にぐっと来た拓也は、アパートの外階段の前で菜々美を抱きよせ、キスしていた。

2

うっ、と菜々美は一瞬、驚いた表情を見せたが、そのまま唇を拓也に委《ゆだ》ねてくる。

まだ口と唇を合わせただけだった。拓也は勢いのまま、舌先で閉じている唇を突く。すると、菜々美が唇を開いてきた。

すかさず、舌を入れていく。

「ううっ」

菜々美が一瞬顔を引く。が、拓也の舌を受け入れる。

拓也は舌をからめる。菜々美の唾液は甘かった。イチゴのようだ。

「うっんっ、うんっ」

舌をからめていると、菜々美のほうから積極的に舌をからめてくる。

拓也は一気に勃起させていた。勢いのまま、高く張った胸もとをつかんでいく。

「うう っ……」

火の息が吹きこまれてきた。

拓也はそのまま薄いカットソー越しに、ブラに包まれた巨乳を揉んでいく。

「あ、ああ……」

唇を引いた菜々美が、甘くかすれた喘ぎを洩らす。

拓也を見つめる瞳が、はやくも、とろんとしている。

いいぞっ。素面の菜々美を感じさせているぞ。もっと揉んでいたいが、外ではまずい。

「行こう」

と、菜々美の手を取り、外階段をあがっていく。部屋の前に立つと、鍵を入れて開ける。

どうぞ、と菜々美を中に入れる。この前、渚を入れて、はやくもふたりめの女性だ。そのこと自体、信じられない。

菜々美が抱きついてくる。今度は入ってすぐのところで、キスをする。そしてカットソーの裾をつかむと、たくしあげていく。

はやく、菜々美のおっぱいを見たい。おっぱいをじか揉みしたい。

平らなお腹があらわれ、淡いピンクのブラがあらわれる。

「ああ……恥ずかしいです……」

菜々美が真っ赤になっている。拓也を見つめる瞳は、変わらずとろんとなっている。

外階段の下での不意打ちキスが利いたようだ。

拓也は構わず、カットソーをぐっとたくしあげる。すると、菜々美が両腕を万歳するようにあげた。腋の下がのぞき、拓也はどきんとなる。

カットソーを脱がせると、ブラカップを下げた。

若さの詰まったバストが、ぷるんっと出てくる。淡いピンクの乳首はわずかに芽吹いている。玲奈や渚のように、最初からとがっていることはない。

「ああ、きれいなおっぱいだね」

「恥ずかしいです」

と、菜々美が両腕で乳房を抱く。乳首は隠れたが、豊満なふくらみのほとんどは二の腕からはみ出ている。それがまた、エロい。

「万歳してみて」

と、拓也は言う。

「ああ、そんな……できません」

菜々美は真っ赤になって、なじるように拓也を見つめる。でも、非難しているわけではない。

「両手をあげろっ、菜々美巡査っ」

低い声でそう命じる。すると、はい、とうなずき、菜々美が両腕をあげていく。

「そうだ」

たわわな乳房の底が持ちあがり、腋の下があらわれる。そこは少し汗ばんでいた。

拓也は引きよせられるように顔を寄せていく。すると、だめ、と菜々美が両手を下げる。

「両手をあげろと言っただろうっ、菜々美巡査っ」

声を荒らげる。すると、ごめんなさい、と謝り、菜々美が両腕をあげていく。

菜々美は玲奈や渚とは正反対のタイプかもしれない。もちろん、玲奈や渚相手に、拓也が命じるなんてありえないが、なぜか菜々美相手だと、両手をあげろっ、と命じることができた。

不思議なものだ。相手によって、こちらのほうも変わってくるのか。拓也は玲奈で男になり、渚も経験して、自分はどMなのだと思っていたが、そうでもないようだ。

拓也は菜々美の腋の下に顔をこすりつけた。

「あんっ、だめですっ」

またも、両手を下げてくる。が、すでに顔面を押しつけているため、関係ない。くんくんと菜々美の腋の匂いを嗅ぐ。そこからは、甘ったるい匂いがした。水族館でいっしょにいるとき、ふと薫ってきた匂いだ。ここから出ていたのだ。

「あんっ、だめっ」

と、菜々美が強く押してきた。

不意をつかれた拓也は、あっ、とよろめいた。菜々美がさらに押してくると、廊下に倒れていった。アイドルのような顔をしていても、やはり警察官だ。力が強い。まあ、そうでないと犯人検挙もままならないだろうが。

菜々美がすらりと伸びた足で拓也の顔を跨いできた。そして、しゃがんでくる。

拓也の顔面に、ショーパンの股間が迫ってくる。ショーパンはぴたっと恥丘に貼りついている。

「もう。腋は恥ずかしいですよう」

と言いながら、菜々美がショーパンの股間を拓也の顔面に押しつけてきた。

「う、ううっ」

はやくも立場が逆転してしまった。

菜々美だからこちらが変わると思ったのは、錯覚だったようだ。

「腋、だめなんです」

と言いながら、ショーパンの股間をぐりぐりとこすりつけてくる。

「うう、ううっ」

拓也はうめくだけだ。腋の下より、もっと股間にびんびん来ていた。

「じかがいいですか」

と、菜々美が少し腰をあげて、聞いてくる。

「じ、じかがいいよ……」

「おねがいして、拓也さん」

菜々美が恥じらいつつ、そう言う。

「おねがいします、菜々美さん。じかに押しつけてください」

「拓也さんって、素直なんですね」

かわいい、と言って、ショーパンの股間をさらに強く押しつけてくる。

ずだ。

「うぐ……うぐぐ……」

拓也はむせつつも、ペニスをひくつかせていた。もう、我慢汁を出しているは

菜々美が膝を伸ばした。ショーパンのフロントボタンに手をかけ、はずすと、フロントジッパーを下げていく。

それを、拓也はじっと見あげている。起きあがろうという気にはならない。

フロントが開き、パンティがのぞく。黒のパンティだった。

「これ、菜々美の勝負下着です。拓也さん、こういうのが好きかなと思って、昨日、買ったんです」

「僕のために、買ったの」

「はい……」

恥じらうように頬を染めつつ、ショーパンを自分から下げていく。恥じらう仕草と大胆な行為のギャップに、拓也は昂る。

こういう子を小悪魔というのではないか。

すらりと伸びた足から、ショーパンを抜くと、今度は黒のパンティに手をかける。

「ああ、恥ずかしいです。菜々美にこんなことさせるなんて……拓也さん、エッチなんですね」

なじるような目で見下ろしている。

いや、違う。

菜々美が自分から言い出したことじゃないか。

いつの間にか、拓也がやらせたことになっている。

「目、閉じていてください」

と、菜々美が言う。開けたままでいると、

「閉じてっ」

と言う。わかった、と目を閉じる。

今、菜々美がパンティを脱いでいると思うと、見たくなる。

見たい、パンティ脱ぐところを見たいっ。

我慢できずに目を開くと、ちょうどパンティが恥部から下げられたところだった。

菜々美のアンダーヘアは濃く、意外な眺めに、あっ、と声をあげていた。

なんとなく、菜々美のアンダーヘアは薄いと思いこんでいたのだ。

「だめっ、見ちゃだめですっ」

と言いながら、菜々美はパンティを足首から抜くと、見ないで、と脱いだばかりのパンティを拓也の顔にかけてきた。

菜々美のパンティで視界を塞がれる。

恥毛が見えなくなったが、これはラッキーなことなんじゃないか。ほんの数秒前まで股間に食い入っていたパンティなのだ。

とうぜん、股間を直撃する匂いがする。

「見ないでくださいよ」

と言いつつ、菜々美が膝を折ってくる。黒だったが、透け感があり、うっすらと恥部が見えている。

パンティを払うことはできたが、拓也はそのままにしていた。

菜々美が恥部をじかに押しつけてきた。

「ううっ……」

「あんっ、パンティが邪魔して、じかじゃないですね」

と言うと、ちょっと浮かせて、菜々美がパンティを抜いた。視界が開けて、濃いめの陰りが目の前にある。

すぐに視界が、真っ黒になった。

「ああ、ああ、エッチです……女の子に、ああ、こんなことさせるなんて……ああ、エッチです」

そう言いながら、菜々美がじかに恥部をぐりぐりこすりつけてくる。

「う、うう……」

「ああ、クリ、舐めるなんて……ああ、ヘンタイです」

と、菜々美が言う。

クリは舐めていない。そもそも舌を出していない。クリを舐めてということか、と思い、拓也は舌を出すと、菜々美のクリを狙う。

ぺろりと舐める。

「あんっ……だめですっ」

ひと舐めで、菜々美がぶるっと腰を震わせる。

敏感な反応に煽られ、拓也はぺろぺろと菜々美のクリトリスを舐めていく。

「あんっ、やんっ、あんっ、だめだめっ、エッチすぎますっ……だめですっ」

だめ、と言いながら、菜々美のほうから強く股間を押しつけてくる。

拓也は菜々美の恥部に顔面を押しつぶされながら、懸命にクリトリスを舐めている。

「ああ、だめですっ、吸うなんて……ヘンタイですっ」

と、菜々美が言う。

吸うのか、わかったぞ、菜々美っ。

拓也はクリトリスを口に含むと、じゅるっと吸った。

「あうっ、うんっ」

拓也の顔面の上で恥部をがくがくと震わせる。

さらに吸っていると、あっ、と菜々美が崩れてきた。廊下に膝をつき、はあはあと荒い息を吐く。

拓也のほうから、再びクリトリスに吸いついていく。ちゅうちゅう吸っていく。

「あ、ああっ、ヘンタイっ、クリ吸いなんて、ヘンタイですっ」

膝をついたまま、菜々美ががくがくと裸体を震わせる。

もしかして、このままクリでいくのかっ。

拓也はしつこくクリトリスを吸っていく。

「だめだめっ、クリはだめだってばっ」

菜々美がぱんぱん拓也の頭をたたいてくる。それでも吸いつづける。

「あ、ああ……だめだめっ」

菜々美の声が裏返る。

いけっ、いけっ、菜々美っ。

「いやっ」

菜々美のほうから腰をあげていった。

3

「もう、いきなり責めてくるなんて……ああ、やっぱりエッチテクがすごいんですね」

胸もとにかかったままのブラを自ら取りつつ、菜々美が言う。

いきなりしかけたのは拓也だったが、すぐに責めと受けが逆転した気がする。

菜々美は全裸のまま廊下を歩く。すらりと長い足を運ぶたびに、ぷりっぷりっと尻たぼがうねる。

いいケツだ、と思わず、拓也は菜々美のヒップに見惚れる。

菜々美の裸体が視界から消えた。拓也は起きあがると、リビングに走る。

菜々美はワンルームの真ん中に立っていた。拓也はそのまま抱きついていく。

ぐっと乳房を押しつぶしつつ、キスをする。

「う、うんっ」

菜々美のほうから舌をからめてくる。

「ああ、菜々美ばっかり、恥ずかしいめにあって……復讐《ふくしゅう》ですっ」

と言うと、菜々美が拓也のパンツのベルトに手をかけてくる。

ベルトをはずし、ジッパーを下げていく。そして、しゃがみながらパンツを脱がせる。

菜々美の鼻先に、もっこりとしたブリーフがあらわれる。先端が沁《し》みになっている。かなりの我慢汁が出ているようだ。

「すごく窮屈そうですね」

「そうだね」

「脱がせちゃいますね」

と言うと、ブリーフも下げていった。弾けるようにペニスがあらわれた。とうぜん、びんびんだった。

「あっ、なにっ」

菜々美は目を見張る。

「ああ、おち×ぽって、こんなに大きいんですかっ」

と、驚きの声をあげる。

「もう一回、出しちゃったんですか」

鎌首は我慢汁で真っ白だ。

「いや、出していないよ」

「でも、すごく出てます」

と、菜々美が言う。

「それは我慢汁なんだ」

「我慢、汁……じゃあ、拓也さん、今、我慢しているんですか」

「いや、そうじゃないんだけど、興奮すると勝手に出てくるんだ」

「そうなんですか。あの……」

「なんだい」

「これは、安全ですか」

「あ、安全？」

「あの、舐めても、毒ではないですか」

「ああ、そういうことね。毒どころか、美容にいいらしいよ」

と、拓也は勝手なことを言う。

「そうなんですか。じゃあ、玲奈さん、拓也さんとエッチしたとき、舐めたんですね」

「そ、そうかな」

「だって、エッチしたあと、お肌つやつやでしたから。いつもは交番勤務疲れで、お肌かさかさですから」

「そうなの」

エッチというのは、そんなに美容に効果があるものなのか。

「私も舐めます」

と言うと、菜々美が先端の我慢汁をピンクの舌でぺろりと舐めてきた。

「あっ……」

と、拓也が声をあげる。

菜々美は愛らしい顔をしかめ、いったん、舌を引いた。

「まずいかな」

「ううん……」

小さくかぶりを振ると、ちゅっと先端にキスしてくる。そして、また舌をのぞかせると、舐めはじめる。

我慢汁を舐めるということは、先っぽを舐めるとこいうことだ。拓也は腰をくねらせる。

「痛いですか」

「逆だよ。気持ちいいよ」

「そうなんですか。ああ、また出てきました」

菜々美の愛らしい顔が鎌首のそばにあるだけで興奮して、あらたな我慢汁が出てくる。

それを菜々美が舐める。

「ああ、ここも、いいかな」

と、裏スジを指さす。

はい、とうなずき、菜々美は言われるまま、裏のスジに舌腹を押しつけてくる。

「ああ、いいよ」

「ここ、感じるんですか」

「感じるよ」

そうなんですね、と言いつつ、強く舌腹を押しつけてくる。すると、また我慢汁が出てくる。

菜々美は裏スジから舐めあげ、先端を舐める。そしてすぐに舌腹を下げて、裏スジを舐めてくる。

裏スジ、先端、裏スジ、先端、と菜々美の舌が上下に動く。

「あの……」

裏スジを舐めつつ、菜々美が見あげてくる。その眼差しが妖しく潤んでいるのを見て、拓也は腰をさらにくねらせる。

「なんだい」

「あの、これ、咥えてみたいんですけど、いいですか」

「いいよ。咥えてほしいな」

わかりました、と菜々美は小さな唇を精一杯開くと、野太く張った鎌首を咥えてきた。先端がすべて、菜々美の口の粘膜に包まれる。

「ああ……吸って、吸って、菜々美さんっ」

菜々美は咥えたままうなずき、頰をへこませている。

「ああっ、いいよっ」

気持ちよくて、拓也は腰をくねらせつづける。

菜々美はそのまま、反り返った胴体まで咥えこんでくる。根元まで咥えようとして、唇を引きあげた。

ごほごほと咳《せき》きこむ。

「大丈夫？」

「拓也さんのおち×ぽ、全部呑みこみたいって、欲が出ちゃいました。大きすぎて、噎《む》せちゃいました」

菜々美がぺろりと舌を出す。

かわいい。エロくて、かわいい。

「全部、呑みこんでみて」

「挑戦しますね」

と言うと、菜々美が鎌首を咥えてくる。じゅるっと吸うと、再び胴体まで咥え、唇を下げてくる。

「う、うう……」

根元が近づくと、菜々美がうめく。

懸命に全部咥えようとしている菜々美を見ていると、なんかすごく愛《いと》おしくなる。

菜々美がつけ根まで咥えた。やりました、という目で見あげている。拓也は思わず、根元まで咥えている菜々美の頭を、よくやった、と撫でてやる。

すると、菜々美がうれしそうな顔をする。なんか、菜々美の上官になった気分だ。上官なら、ちょっと試練を与えてやれと、先端で菜々美の喉を突いた。

「うぐっ……」

菜々美が愛らしい顔を歪める。苦しそうだ。

が、喉を突いても、唇を引こうとはしない。苦しくても咥えたままでいるのは、警察官魂なのでは、と思う。

さらに突いていると、さすがにきつくなったのか、菜々美が唇を引きあげた。

どろりとよだれを垂らす。

「ごめん……」

「ううん……拓也さんのたくましさをお口でじかに感じられて、うれしいです」

よだれを手の甲で拭《ぬぐ》いつつ、菜々美がそう言う。

拓也は暴発していないことに、自信を持つ。玲奈や渚との体験が生きていると思った。

「もっと、お口で感じたいです」

菜々美は勃起したペニスで口を塞がれて、興奮しているようだ。

「いいですか」

と聞かれ、いいよ、と答えると、また菜々美は鎌首にしゃぶりついてきた。今度は一気に根元まで咥え、ひと呼吸置くと、吸いあげてきた。

「ああっ、それっ」

拓也がうわずった声をあげる。

先端からつけ根まで全部咥えられたまま吸われると、ち×ぽがとろけそうだ。

拓也の反応に煽られたのか、菜々美は強く吸いつづける。

「ああっ……」

あまりに気持ちよくて、出そうになって、拓也のほうからペニスを引いた。

鎌首が唇から抜けると同時に、どろりと大量の唾液が垂れていく。

菜々美がそれを啜りあげる。

菜々美の中に入れたくなったが、その前に絶対、やってきおきたいことがある。

「あの……見ていいかな」

「見るって、菜々美、もう裸ですよ」

「いや、その中を見たいかなって思って」

「中……ああ、恥ずかしいです」

「エッチする前に、その……処女のあそこを目に焼きつけておきたくて」

「ああ、なるほど……菜々美も、拓也さんに処女のあそこを覚えておいてもらいたいです」

納得したようで、菜々美はベッドに向かうと、あがった。

4

拓也も全部脱いで裸になると、ベッドにあがった。

菜々美はすらりと伸びた両足を閉じて、太腿と太腿をすり合わせている。

拓也は両膝をつかみ、ひろげていく。

「ああ……だめです……」

「開かないと、見れないよ」

「ああ……」

菜々美が両足を開いていく。

「膝を立てて」

と言うと、菜々美は素直に両膝を立てた。拓也は間に入ると、濃いめの茂みに覆われた恥部に手を伸ばしていく。

恥毛に触れると、瑞々《みずみず》しい裸体がひくっと動く。

拓也は恥毛を梳《す》き分けていく。すると、ぴっとりと閉じた割れ目がのぞく。

そこに指を添えると、

「開いちゃだめっ」

と、菜々美が言う。

拓也は構わず、開いていく。

「うそっ……拓也さんって、優しい人だと思っていましたっ。いきなり開くなんてっ」

菜々美がなじるように拓也を見つめる。が、拓也の視線は、菜々美の顔にはなく、菜々美のおんなの部分に注がれていた。

「ああ、きれいだよ、菜々美さん」

「そ、そうですか……菜々美のあそこって……きれいなんですか」

「きれいだよ」

拓也の視線は、菜々美の処女の花びらに釘づけだ。

菜々美のおんなの粘膜は、純真無垢《じゅんしんむく》なピンク色をしていた。まったく濁りがないピンクだ。それが、じわっとにじみ出した愛液で湿り、きらきらと輝いている。

いつまでも見ていられる。

「ああ、はあっ……はあっ……」

菜々美は羞恥《しゅうち》の息を吐きつつ、割れ目の奥を拓也にさらしつづけている。

「ああ、匂い、嗅いでいいかな」

「えっ、だめですっ」

と、菜々美が告げるなか、拓也は無垢な花びらに顔面を押しつけていた。甘い薫りに顔面が包まれる。

拓也はぐりぐりと顔面を押しつけ、すぐに顔を引く。

見ていたい。もっと、ピュアな花びらを見ていたい。

「はあっ、ああ……恥ずかしすぎます」

と言いながらも、菜々美はさらしつづけている。じわりじわりと愛液がにじみ、さらに光っていく。

「僕なんかが、入れていいのかい」

「いいです……拓也さんに入れてほしいです」

と、菜々美が言う。

「ああ、尊敬している玲奈さんと津島警部補をいかせたおち×ぽで、菜々美は処女を散らしたいです」

玲奈と渚のおかげか。拓也が好きというのとは違う。尊敬する玲奈と渚をいかせたち×ぽが欲しいのだ。

「はじめて、あげてもいいかな、と思える人に出会えたんです」

拓也を熱い眼差しで見つめつつ、菜々美がそう言う。

「う、うれしいよ、菜々美さん」

拓也の鎌首はあらたな我慢汁で真っ白になっていた。

それを、菜々美の恥部に向けていく。

「ああ、入れるんですね……菜々美、女にされるんですね」

愛らしい顔をして古風な言い方に、ぞくぞくする。

「そうだよ。僕のち×ぽで、女にされるんだよ。いいんだね」

「はい……女にしてください」

先端が濃いめの茂みに触れた。漆黒の草叢《くさむら》に、白い我慢汁がつく。

拓也は指を入れて、梳き分ける。割れ目をあらわにさせると、我慢汁まみれの鎌首を当てていく。

「あっ……」

割れ目に鎌首を感じた菜々美が、腰を引く。

拓也は鎌首を進める。再び割れ目に鎌首が触れる。

「あっ……やっぱり……まだ、はやいかも、です……」

ここまで来て、お預けは困る。

「そんなことはないよ、菜々美さん」

拓也は菜々美の腰をつかむと、もう一度、鎌首を割れ目に向けていく。両手で腰をつかんでいるため、割れ目が茂みで隠れてしまっている。

あたりをつけて突いたが、はずれてしまう。

何度か突いていると、菜々美が不審な目を向けてきた。

「拓也さんって、エッチの達人なんですよね」

「あっ、そうかな……」

達人でないと、菜々美は処女花を散らせてはくれない。

「達人って、一発で入れるものなんじゃないんですか」

「そうでもないよ。だって、菜々美さん、はじめてだろう。突いたからって、すぐに入るわけじゃないんだよ」

「そうなんですね」

拓也は右手を菜々美の恥部に向けて、茂みを梳き分ける。割れ目があらわれる。

ここだっ、と鎌首を突きつける。

今度は一発でめりこんだ。

「あっ……」

菜々美の裸体が硬直する。

なんか痛そうにしているが、ここでためらってはいけない。そのまま、鎌首を窮屈な穴にめりこませていく。

「うう、い、痛いっ」

ごめんね、と心の中で謝りつつ鎌首を進めると、薄い膜のようなものを感じた。

これだっ。これが処女膜だっ。

拓也の全身の血が一気に沸騰する。そんななか、腰を進めると、あっさりと突き破った。

「ううっ……裂けるっ……」

菜々美が拓也を見あげる。つぶらな瞳には涙がにじんでいた。あれは喜びの涙ではなく、痛みの涙だろう。

でも、ここで引くわけにはいかない。入れたら、奥まで塞ぐのだ。それが処女をいただく男の使命なのだ。

しかし、菜々美のおま×こは狭かった。潤んではいるが、充分ではないかもしれない。もっと、クンニしておけばよかったかも。が、もうあとの祭りだ。

菜々美の肉襞がぴたっと貼りつき、くいくい締めてくる。

「ああ、すごくきついよ、菜々美さん」

「う、うう……」

菜々美はひたすら痛みに耐えているようだ。眉間《みけん》に深い縦皺《たてじわ》が刻まれている。

「ああ、締めすぎだよ、菜々美さん」

「ううっ、締めてません」

まだすべてを埋めこんでいないが、はやくも出そうだ。一度、出しておくべきだった。これまた、あとの祭りだ。

拓也は突き刺す動きを止めた。

すると菜々美が、どうして、という目を向けてきた。

痛がってはいたが、もっと奥まで欲しがっているようだ。

「菜々美のこと、気にしないでください……奥まで、拓也さんのおち×ぽ、くださ い。たくさん突いて、菜々美をいかせてください」

「初体験では、なかなかいかないと思うよ」

「えっ、そうかもしれないけど、拓也さんは達人でしょう。玲奈さんも津島警部補もいかせまくったじゃないですか」

いかせてはいたが、いかせまくってはいない。

菜々美は拓也のことを過大評価しているようだ。が、過大評価しているから、処女をあげてもいいと思ったわけだ。

ここは裏切らないようにしたいところだが、射精はコントロールできない。

「もっと、奥までください」

わかった、と拓也は窮屈な穴の奥まで進めていく。

が、もう限界だった。まったく突くことなく、暴発させた。

「あっ……えっ……」

菜々美が驚きの顔を浮かべた。

「う、ううっ、ううっ」

菜々美の中でち×ぽが脈動する。どくどく、どくどくと凄まじい勢いで、ザーメンが噴き出している。

それは、菜々美の子宮をたたいていく。

「えっ、なに、これ、なんですか」

今の状況を、菜々美は呑みこめないようだ。それはそうだろう。奥まで貫く前にフィニッシュなんて、考えてもいなかっただろう。

そんななか、拓也のほうは処女の子宮にザーメンをぶっける快感に浸っていた。

突くことなく出してしまったが、処女穴に出す快感は最高だった。菜々美を征服したぞ、とひとり悦に浸る。実際はまったく征服していなかったが。

「もしかして……これで終わりですか……違いますよね」

と、菜々美が聞いてくる。さらに涙をあふれさせている。これは痛みの涙ではなく、失望の涙だと気づき、まずいっ、と拓也はあせる。

「まさか、これからだよ」

拓也は動きはじめた。萎える前に、完全に勃起させようと思った。幸いなことに、菜々美の穴は窮屈だ。ペニスを動かしていれば、刺激を受けて勃起するはずだ、と思った。

「あうっ、うう……」

「痛いかい」

「平気です……」

菜々美は涙をあふれさせた目で見つめている。

その眼差しに、拓也はあらたな昂りを覚えた。すると、萎えかけていたペニスがぐぐっと膨張しはじめる。

5

「あっ、なに……なにこれ……」

「これからだよ、菜々美さん」

はやくも勃起を取り戻し、拓也は調子に乗っていく。

七分まで戻ったペニスで、狭い穴をえぐっていく。大量のザーメンがほどよい潤滑油となっていた。

「う、うう……」

「痛い？」

「ううん。痛くないです……ううっ、うう、もっと突いてください」

拓也はゆっくりと抜き差ししつつ、クリトリスを摘まみ、ころがしていく。すると、

「あっ、ああっ」

と、菜々美がにわかに愉悦の声をあげはじめた。

その声に、拓也のペニスが反応する。ぐぐっとさらに太くなっていく。

「ああ、すごいですっ。菜々美の中で、どんどん大きくなってきました」

「菜々美さんのおま×こが、気持ちいいからだよ」

「そうなんですか。菜々美のおま×こ、いいですか」

「いいよ」

「玲奈さんと比べてどうですか」

と、濡れた瞳で聞いてくる。玲奈のことは尊敬していても、そこは女として、ライバル心があるのだろうか。

「菜々美さんのおま×こがきついよ」

「そうなんですか。玲奈さんのおま×こより、菜々美のおま×このほうがいいんですね」

「そうだよ」

ここはそう言うしかない。玲奈のおま×こには未亡人のよさがある。ち×ぽにねっとりとからみつき、濃厚に締めてくるよさがある。が、そんなこと、ここでは言えない。

菜々美のおま×こには、処女を失ったばかりのきつさがある。

「玲奈さんに勝っているんですね」

と、菜々美が言う。

「そ、そうだね……勝ってるね」

このことを玲奈が聞いたら、拓也は張り倒されるだろう。そう思ったとたん、びんびんのペニスがわずかに萎える。

するとそれをおま×こで敏感に察知したのか。

「あっ、小さくなりました。どうしてですか。菜々美のおま×こ、いいんですよね」

「いいよ」

拓也は菜々美の気を逸《そ》らすために、クリトリスを強めにひねった。

「あうっ、うんっ」

菜々美の下半身ががくがくと震えると同時に、おま×こが強烈に締まった。

「ううっ」

と、拓也もうめく。

「クリ、もっとください」

と、菜々美が言う。強めにひねったほうがいいみたいだ。処女とはいえ、クリオナニーはかなりやっているのだろうか。

拓也はさらにクリトリスをひねっていく。

「あうっ、ううっ」

眉間の縦皺が深くなる。が、それは今までの痛みによる刻みではなく、喜びの刻みだ。

拓也は抜き差しに力を入れていく。すると、菜々美が、

「あ、あの……」

と、声をかけてきた。

「なんだい」

「あの……このまま、ですか」

「えっ……」

「このまま、正常位のままですか……あの、いろいろ体位を変えるんじゃないん

ですか」

菜々美に指摘されて、拓也ははっとなる。玲奈のときも渚のときも相手主導でエッチをしてきた。

思えば、拓也が主導のエッチははじめてなのだ。菜々美に言われなければ、このまま正常位だけでフィニッシュを迎えていた。

これでは、エッチテク抜群とはお世辞にも言えないだろう。

まずい。菜々美にばれてしまう。

「い、いや、その、菜々美さん、はじめてだから……あんまり抜いたり、入れたりしないほうがいいかな、と思って」

と、わけがわからない言い訳をする。

「大丈夫です。拓也さんの思うがままに、菜々美を責めてください。菜々美もそのほうがうれしいです」

俺の思うがまま、と言われても……とりあえず、バックだ。バックで突こう。

「わかったよ」

と言うと、拓也は菜々美の狭い穴からペニスを抜いていく。

「うっ、うう……」

菜々美のおま×こが、放したくないというように、強く締まってくる。

「おう、すごいよ、菜々美さん」

「そうですか……菜々美、わかりません」

きつきつのおま×こから、どうにかペニスを抜いた。

鎌首の形に開いた割れ目から、どろりとザーメンが出てくる。さっきまで純真無垢だった花びらが、俺のザーメンで汚されてしまった。

俺なんかが最初の男でよかったのだろうかと、ふと思ってしまう。

ザーメンには、ところどころ、血が混じっている。痛々しくも、そそる眺めだ。

ああ、童貞を卒業したばかりではなく、処女花まで散らしてしまった。

割れ目が閉じていく。

菜々美が起きあがった。そして、ベッドの上で四つん這いの形を取っていく。

それを、拓也は横から眺める。

入れたら、うしろ姿しか見れないから、横から見ているのだ。

菜々美もスタイル抜群だ。腕はほっそりとしているのに、バストはたわわで、重たげに垂れている。ウエストは折れそうなほどくびれ、ヒップがぷりっと張っている。

「きれいだよ、菜々美さん」

「ああ、二の腕、力こぶついてないですか」

「ついてないよ」

拓也は手を伸ばし、菜々美の二の腕をそろりと撫でる。すべすべだ。

二の腕から乳房へと移動させる。たわわなふくらみを下からつかんでいく。ボリュームたっぷりの乳房を揉みあげる。

「ああ、あんっ……」

菜々美が火の息を吐き、四つん這いの裸体をくねらせる。

拓也はさらに揉みこんでいく。

「ああ……チューしてください」

と、菜々美がキス顔でねだってくる。

たまらない。おま×こからペニスを抜いていたが、ずっと勃起している。

拓也は乳房を揉みしだきつつ、顔を寄せていく。菜々美はキス顔のまま待っている。そこに口を押しつけていく。

すると、菜々美のほうから舌をからめてきた。ぬちゃぬちゃとベロチューをすると、無性にバックから入れたくなる。

拓也は口を引くと、菜々美の背後にまわった。

ヒップが差しあげられている。

それを見ていると、ぱんっと尻たぼを張りたくなる。

「もっと、あげて」

と言って、ぱんっと軽めに尻たぼを張った。すると、菜々美は怒るどころか、
あんっ、と甘い声をあげて、ぶるっとヒップを震わせる。

「なに、感じているんだっ」

と言って、さらにぱんぱんっと尻たぼを張る。

「あ、あんっ、やんっ」

菜々美はヒップを振りつつ、さらに差しあげてくる。

拓也は尻たぼをつかむと、ぐっと開いた。深い尻の狭間に、きゅっと窄《すぼ》まった
穴が見える。キュートな尻の穴だ。愛らしい女子は、こんなところまでキュート
に出きている。

「ケツの穴が見えるよ」

と、わざとケツと言う。

「あんっ、そんなとこ、見ちゃだめですっ」

視線を感じるのか、菜々美の尻の穴がひくひくと動く。

拓也は顔を寄せると、ふうっと息を吹きかける。

「やんっ」

尻の穴がきゅきゅっと動く。

それを見ていると、舐めたくなる。拓也は尻たぼをぐっと開くと、顔を埋めこんでいった。キュートな穴をぺろりと舐める。

すると、あんっ、と菜々美が甘い声をあげた。

感じているのかっ。処女を失ったばかりなのに、尻の穴で感じているのかっ。

頭にカァッと血が昇り、拓也はさらにぺろぺろと舐めていく。

「はあっ、あんっ、だめだめ、お尻、だめです」

だめ、と言いつつ、逃げたりしない。むしろ、さらにヒップを突きあげてくる。

拓也の顔面が尻たぼに埋もれ、息が苦しくなる。

拓也のほうから、顔を引いていった。

すぐに尻たぼは閉じ、尻の穴が見えなくなる。

「ああ……お尻、舐めるなんて、拓也さん……ああ、ヘンタイすぎます……ああ、玲奈さんや津島警部補のお尻も舐めたんですか」

「いや、舐めてないよ」

「あんっ、そうなんですね」

「菜々美さんのケツの穴を見ていたら、無性に舐めたくなったんだ」

「ああ、菜々美のお尻の穴……玲奈さんや津島警部補より、魅力的なんですか」

「そうだよ。だって、舐めたいと思って舐めたんだから」

「ああ、うれしいです」

尻の穴で玲奈や渚に勝って、うれしいものなのか。

拓也はあらためて尻たぼをつかむと、ぐっと開いた。今度はペニスをバックから入れていく。

鎌首が蟻の門渡りを通るだけで、あんっ、と菜々美が甘い声を洩らす。かなり感度があがっているようだ。

四つん這いの裸体全体から、甘い汗の匂いが立ち昇っている。

鎌首が茂みに到達する。割れ目があるところだけ、ザーメンがついていた。

拓也はそこを狙い、鎌首を押しつけていく。すると、一発で、鎌首が穴を捉えた。ぐぐっと押しこむと、鎌首が熱い粘膜に包まれた。

「あうっ……」

「痛いかい」

「ううん……平気です……」

拓也はぐぐっと埋めこんでいく。

「うう、うう……」

変わらず、菜々美のおま×こはきつきつだ。

拓也は奥まで突き刺すと、尻たぼを強くつかみ、抜き差しをはじめる。

「あうっ、うう……」

「痛い？」

「ううん。突いてください。たくさん突いてくださいっ」

と、菜々美が叫ぶ。

拓也は強烈な締めつけのなか、渾身の力をこめて、バックから突いていく。

「うう、ううっ」

突くたびに、菜々美の背中が反ってくる。

またも、出そうになり、突きが弱くなる。

「あんっ、もっと突いてください」

と、菜々美がねだったが、拓也はここで一気に抜いた。

## 6

「あんっ。どうしてですかっ」

と、菜々美が四つん這いのまま、首をねじって、なじるように見つめている。

「バックで終わりでいいのかい。もっと違う体位も試してみたいだろう」

出そうになったことは言わずに、体位を変えるために抜いたことにする。

「ああ、そうですね。ごめんなさい……バック、気持ちよくて、もっと欲しかったんですけど……ああ、やっぱり、拓也さんはエッチに慣れてますね」

玲奈相手に交番の取調室で童貞を卒業したと知ったら、卒倒するだろう。

菜々美が起きあがり、拓也が仰向けになる。

天を衝くペニスは、菜々美の愛液とザーメンにまみれている。

「ああ、ずっと大きいです」

菜々美がペニスをつかんでくる。ぐいぐいしごいてくる。

「あっ、ちょっと……」

菜々美はぐいぐいしごきつつ、どうしたんですか、という目で見つめる。

「あっ、出そうだっ」

と叫び、菜々美があわてて手を引いた。

「ごめんなさい。なんか、バックから気持ちよくなってきて、ハイになってきているんです」

「そうなんだね。気持ちよくなってきて、よかったよ」

菜々美がすらりと長い足で、拓也の股間を跨いでくる。そして、腰を下げてくる。天を衝いているペニスの先端に、茂みを押しつけてきた。

が、入らず、先端がずれる。

「あんっ……」

菜々美がむずがるように鼻を鳴らし、何度か押しつけてくる。が、入らない。

「ち×ぽ、つかんで」

はい、と菜々美が逆手でつかむ。固定させた鎌首に、押しつけてくる。

ずぶりと入った。

「あうっ」

菜々美と拓也が同時にうめき声をあげる。

狭い穴を突き削るように、一気に根元まで入った。

「ああ、いっぱいです……ああ、おち×ぽ、いっぱいです」

「腰をくねらせてみて」

うめきつつ、拓也はそう言う。

はい、と返事をして、菜々美が腰をうねらせはじめる。が、とうぜんのこと、はじめてだから動きが拙い。

が、それを想定して、動いてみて、と拓也は言っていた。おま×この締めつけは強烈だったが、まだ耐えることはできた。動きが拙いぶん、休むことができていた。

あっさりと二発出してしまったら、エッチの達人の名折れだ。菜々美にはエッチテク抜群の男だと思われたままでいたい。

「あ、ああ、気持ちいいですか」

ぎこちない動きで腰を動かしつつ、菜々美が聞いてくる。

「気持ちいいよ」

「本当ですか」

「気持ちいいよ、菜々美さん」

菜々美のような愛らしい女性が、自分の責めで拓也が感じているかどうか心配している。

なんて贅沢《ぜいたく》なんだろうか。

贅沢な時間をずっと過ごしていたいが、菜々美が動きを変えた。うねらせるのではなく、股間を上下させはじめたのだ。

「ああっ」

締めつけに上下動が加わり、拓也が声をあげる。

そんな反応に気をよくしたのか、菜々美が上下動を激しくさせていく。茂みからペニスがあらわれ、そして呑みこまれ、またあらわれる。

「あっ、すごいっ、ああっ、すごいですっ」

「ああ、ああっ、菜々美さんっ」

気持ちいい。それはいいのだが、よくない。

菜々美のほうもかなり気持ちいいようで、がんがん腰を上下させてくる。上下させるたびに、豊満な乳房がぷるんぷるんと弾み、視覚的な刺激が倍加する。

「気持ちいいですかっ、拓也さん」

「菜々美さん、キスしよう」

つながったまま、倒れてくるように言った。いったん上下動をゆるめる作戦に出る。菜々美が上体を倒してくる。たわわな乳房を胸板に押しつけ、火の息を吐きかけながら、唇を重ねてくる。

上下動はゆるんだが、今度はキスの刺激で出しそうになる。やっぱりベロチューは股間に来る。

「うんっ、うっんんっ」

上下動でかなり感じているのか、菜々美は貪るように舌をからめてくる。

ああ、キスだけで、いきそうだ。それはまずい。かといって、ここで激しく動かれたら……。

菜々美が舌をからめつつ、腰を上下に動かしはじめる。ウエストを起点にして、股間をぶつけるように責めてくる。

あっ、これはっ、杭《くい》打《う》ちエッチじゃないかっ。

そんなことは、菜々美は知らないだろう。女の本能に従い、杭打ちエッチをはじめているのだ。

まずいっ、まずいけど、気持ちいいっ。

「あ、ああっ、ああ、あうっ」

菜々美は唇を引いたが、上体は倒したままだ。杭打ちを続けている。

「あ、ああっ、いい、これ、いいですっ」

警察官として日頃から鍛えているためか、腰遣いにキレがある。

「そ、そうだね……ああ、ああ、でも……」

「でも、なんですかっ……ああ、どうして動かないんですかっ、ああ、拓也さんも腰を動かしてくださいっ」

そんなことしたら、一発で暴発してしまう。

「ああ、なんか、ああ、いきそうです……ああ、いっちゃいそうな気がしますっ。突いてくださいっ、拓也さんっ」

ここでいかせれば、エッチの達人として尊敬されるだろう。処女喪失した直後で、いくのだから。

ここはいかせるべきだ。エッチの達人として尊敬されたいっ。

拓也は思いきって、突きあげはじめた。

「あああっ、すごいっ、ああ、いい、いいっ、すごいですっ」

突きあげるごとに、菜々美が歓喜の声をあげる。全身、あぶらを塗ったようになっている。

たぷんたぷんと乳房を弾ませ、菜々美が杭打ちを続ける。そこに突きあげが加わり、強烈な刺激を呼んでいる。

ああ、もうだめだっ、と思ったとき、

「いきそうっ、ああ、菜々美、いきそうっ」

と、菜々美が声をあげる。

今だっ。

とどめを刺すべく、渾身の力で突きあげた。

「ひいっ……いく……」

菜々美が上体をぐぐっと反らし、あぶら汗まみれの裸体を痙攣させた。とうぜん、おま×こも強烈に締まっていて、拓也も果てた。

「おう、おうっ」

雄叫びをあげて、ザーメンを噴きあげた。

「あう、うう……」

菜々美は続けていったような顔を見せて、ばたっと突っ伏してきた。

ぬらぬらの汗がエロい。

はあはあと火の息を吹きかけてくる。

「ああ、いっちゃいました……」

と言って、はにかむような笑顔を見せる。

なんて愛らしいんだっ、と拓也は強く抱きしめ、キスしていく。

「うんっ、うっんっ」

お互いの気持ちよさを伝えるように、舌をからめ合った。

「ああ、はじめてが、拓也さんでよかったです」

「僕もうれしいよ」

「ああ、菜々美、幸せです」

そんなことを言われて、拓也は胸がいっぱいになった。

# 第五章　Fカップアイドルの一日署長

## 1

休日、拓也は県警本部に来ていた。

グラビアアイドルの早乙女麻衣《さおとめまい》が一日署長をやることになっていた。

すでに、かなりの住人が集まっていた。グラビアアイドルということもあって、男が圧倒的に多い。

早乙女麻衣が県警本部前の広場に出てきた。

おうっ、と歓声というか、うなり声があがる。

早乙女麻衣はお立ち台にあがり、敬礼をしてみせた。

それだけでも、おうっ、とまたうなり声があがった。

早乙女麻衣は紺色の制帽に、紺色のジャケット。白のブラウスに、紺色のネクタイ。スカートは膝丈で、ナマのふくらはぎを見せていた。

腕には腕章、そして左肩から右腰にかけて「一日警察署長」と書かれた大きな襷《たすき》をかけていた。

「みなさん、こんにちは」

こんにちはっ、と男たちが野太い声で応《こた》える。警察署の前というより、なにかのアイドルのイベント会場のようだ。

「早乙女麻衣といいます。今日は、麻衣が……いえ、私が、一日警察署長を拝命しました」

盛大な拍手が起こった。

挨拶のあと、さっそく一日警察署長としての仕事がはじまった。

まずは人通りの多い駅前へと向かい、啓蒙活動をすることだ。

県警では今、自転車のヘルメット着用に力を入れていて、その幟《のぼり》を持った警察官に囲まれ、麻衣が歩きはじめる。

麻衣に従い、男たちがぞろぞろとついていく。

囲んでいる警察官が、ヘルメット着用のチラシを配ろうとするが、男たちが邪魔で、たまたま通りがかった市民に渡せない。

「ごめんなさいね。市民の人たちに渡せるように下がってもらえたら、麻衣、うれしいな」

と、麻衣が野郎どもに優しく告げる。すると、男たちは素直に言うことを聞き、下がっていく。

まわりを囲む警察官たちが、通りがかりの市民にチラシを渡しはじめる。

ときおり、麻衣自身も市民にチラシを渡す。それを見た野郎どもが、麻衣からじかにチラシをもらおうと殺到した。

「あっ」

警察官を押しのけ、麻衣に迫る。いくつもの手が、チラシを持つ麻衣の手に伸びる。

「離れなさいっ」

と、警察官が叫ぶが、麻衣のことしか頭にないファンたちは、どうにかして麻衣からじかにチラシをもらおうと、手を伸ばしてくる。

拓也もその中にいた。というか、背後から押されるまま、麻衣に迫っていた。

そばで見る麻衣はさらにきれいだった。困りつつ、笑顔を作る姿はそそる。

「離れてっ、離れなさいっ」

と、警察官が叫ぶなか、ひとりの男が麻衣に抱きついていった。

「きゃあっ」

麻衣が叫ぶと、それが合図になったかのように、ほかの男たちも麻衣に飛びかかった。

拓也も押されるまま、麻衣に抱きついていた。拓也はほかの男たちの手から、庇《かば》うような形となっていた。別に庇う気はなかったのだが、成りゆきでそういう体勢になってしまっていた。

「おまえ、邪魔だっ」

あちこちから手が伸びて、拓也がたたかれる。が、拓也は麻衣に正面から抱きついたまま、男たちから守っていた。

麻衣の美貌はすぐそばにある。ぐっと押され、頬と頬が触れ合った。

すべすべの感触に、拓也はこんなときなのに、一気に勃起させていた。さすが、グラビアアイドルだ。頬が触れ合っただけで、勃起してしまう。

「離れなさいっ」

警察官の声がして、拓也をたたいていた手がどんどん減っていく。

ただただ路上で麻衣に抱きついた形になってしまう。

「ありがとう……」

と、麻衣に言われ、抱きついたままなことに気づき、すみませんっ、とあわてて身体を離す。

麻衣は乱れた襷をきちんと直すと、

「自転車に乗るときは、ヘルメットを着用しましょうっ」

と、なにごともなかったような顔で歩きはじめる。それを見た警察官も、囲みながら歩きはじめる。

さすが芸能人だ。いつもと変わりない笑顔で、道行く人たちに声をかけている。

拓也は自分の頬を思わず撫でる。ここに、麻衣の頬がくっついていたのだ。

それだけではない。抱きついていたとき、胸もとにずっと麻衣のバストの隆起を感じていた。あのときはそれどころではなかったから、感激に浸る暇はなかったが、あらためて思い出すと、おいしい思いをした。

ずっと拓也の胸板で、麻衣の胸もとを押す形となっていた。もちろん、こちらはポロシャツを着て、麻衣はジャケットまで着ていたが、それでも、バストの隆起はわかった。

なにせFカップが売りのグラビアアイドルなのだから。

駅前まで来ると、またお立ち台にあがり、挨拶をはじめる。かなりの人だかりとなった。

人だかりの整理をしている警察官の中に、玲奈と菜々美がいた。

拓也に気づいた玲奈が、寄ってきた。

「あとで、県警本部に来て」

と言う。

「えっ……」

「早乙女麻衣が拓也に用があるらしいわよ。なにしたのかしら」

「えっ、いや、なにもしてません……」

「なにもしてないことはないでしょう。拓也ご指名なのよ」

「いや、その……抱きついただけです」

「あら、どさくさに紛れて、なかなかやるじゃないの。でも、それね。セクハラで訴えられるかもね」

「えっ、そんなあっ」

「とにかく、出頭しなさい」

いつの間にか、出頭になっていた。

拓也は麻衣を見た。聴衆に笑顔を振り向きながら、ヘルメットを着用しましょう、と連呼しつつ、手を振っている。

襷をかけていることもあり、なんか選挙運動のようだ。

麻衣と目が合った気がした。いや、合った。しばらくこちらを見て、そしてウインクしたのだ。

拓也はまわりを見た。通りがかりの市民ばかりだ。

あれは、俺に向けられたウインクだっ。絶対、そうだっ。

あとで、またお礼をさせてくださいね、というウインクだ。

お礼って、なんだ。握手ではないだろう。麻衣も大人の女性だ。もしかして、キスくらいあるかも。

早乙女麻衣とキスっ。

拓也は我慢汁を出していた。

いや、あまりにいいほうに考えすぎだ。あれはウインクでもなんでもないかもしれない。

出頭という玲奈の言葉が頭を駆けめぐる。

――この人が、抱きついてきたんですっ。

――婦女暴行で逮捕する。

拓也はぶるっと身体を震わせる。

──さっきはありがとう。なにかきちんとお礼をしたくて。なにがいいですか。

──おっぱい、触ってみますか。えっ、キスがいいの。ああ、そうだなあ。うん、いいよ。拓也さんなら、唇をあげる。

「なに、にやけているんですかっ」

気づくと、正面に菜々美が立っていた。にらみつけている。

やはり逮捕かっ。

「違うんだっ」

「なにが違うんですか。県警本部に行きましょう」

「だから、違うんだっ」

「もう、麻衣さんもお帰りですよ」

見ると、麻衣さんがパトカーに乗りこんでいる。帰りは車の中のようだ。それとも、さっきのことがあって、安全を期しているのかもしれない。いずれにしろ、県警本部に戻るようだ。

「ミニパトで送ってあげますよ」

「いや、いいよ」

「いいから、乗って」

と、菜々美に手をつかまれて、引きずられていく。制服姿の警察官に引っ張られていく拓也を、市民たちが犯罪者を見るような目で見ている。

違うんだっ。これは冤罪《えんざい》なんだっ。

と、まわりに訴えつつ、ミニパトに乗りこんだ。

2

県警本部に着くと、いかつい警察官が寄ってきた。やっぱり逮捕かっ、と下がると、いかつい警察官が笑顔を見せた。

「さきほどは、ありがとうございました。あなたのご協力で、大きなことにならなくて、済みました」

「い、いや……僕は市民として、とうぜんのことをしたまでです」

ただ押されて抱きついただけだったが、そんなことを言う。

「素晴らしいです。早乙女さんがぜひとも、きちんとお礼をしたいとおっしゃっていて。次のセレモニーまで時間があります。今、控室にいらっしゃいます。ご案内します」

と、いかつい警察官が歩きはじめる。

一階の奥のドアの前に立ち、ノックをする。すると、はいっ、と中から麻衣の声がした。

いかつい警察官がドアを開け、どうぞ、と促す。失礼します、と中に入ると、ドアが閉まった。

そこは応接室だった。けっこう広く、コの字にソファーが置かれていた。

警察官の制服姿の麻衣が立ちあがった。

麻衣しかいない。マネージャーはいなかった。

「マネージャーはちょっと用事ができて今、出ているの」

「そうなんですか」

ふたりきりだ。緊張が高まる。

「こちらに来て」

と、麻衣が手招きする。はい、と拓也はグラビアアイドルへと近寄っていく。

「さっきはありがとうございました。あなたが守ってくれなかったら、私、今頃……処女を失っていたかもしれません」

そんな大げさな……えっ、今、なんて言った。処女って、言ったよな。

「あの、その、しょ……」

処女なんですか、と聞こうとしてやめた。

早乙女麻衣は二十歳になったばかりだ。十九から売れ出して、あちこちの雑誌の表紙を飾っている。

「処女です……」

そう言って、頬を赤くする。

「もっと、こっちに」

と、麻衣が手を伸ばし、拓也の手をつかんでくる。ぐっと迫った。

「ありがとう」

と言って、麻衣のほうから抱きついてきた。

えっ、なにっ。

「さっき、あなたに抱きつかれて守られているとき、すごくドキドキしちゃって……なんというか……ずっと胸が熱いんです」

「胸が……熱い」

「そう。今も胸が、ドキドキしていて、わかるかな」

と言うと、麻衣が拓也の手をつかみ、ジャケット越しに胸もとに導いてきた。

「あっ……」

「わかりづらいかな」

と言うと、ジャケットの中に、拓也の手を入れてきた。高く張っているブラウス越しに、麻衣のバストを感じる。

「あっ……麻衣さんっ」

と、名前を呼ぶ。

「わかるかな、胸のドキドキ」

「い、いや、わかりません」

と答える。そう言うと、もしかしたら、万が一、じかつかみができるかもしれないと思ったのだ。

「ああ、そうなの……あなたにはわかってほしいな」

そう言うと、なんと麻衣がブラウスのボタンをはずしはじめたのだ。

「ま、麻衣さん……」

身体がぶるぶる震え出す。

「ああ、名前、教えてください。麻衣の処女膜を守ってくれた王子様の名前を」

「あ、ああ……高橋です……」

「下の名前は？」

そう聞きながら、麻衣がふたつめのボタンをはずしていく。ちらりとたわわなふくらみがのぞく。

グラビアでは、穴が開くほど見てきたふくらみだが、雑誌で見るのと、リアルで見るのとは、当たり前だが、まったく違う。

「た、拓也です……」

「拓也さん……麻衣の王子様」

「そ、そんな、王子様だなんて……」

麻衣が拓也を見つめつつ、四つ目のボタンをはずしていく。ブラがあらわになる。ブラは白だった。やはり一日警察署長を務めるから、白にしたのだと思った。

五つ目のボタンをはずすと、

「触って」

と、麻衣が言った。

「い、いいんですか……」

「いいわ……」

胸がドキドキしたままなのは、本当のことなのだろうと思った。男たちに迫られて、身の危険を感じつつも、守られたという昂りがあるのだろう。

拓也は手を伸ばしていく。はっきりわかるくらい、手が震えていた。その手でブラ越しに、麻衣のバストをつかむ。

「あっ……」

と、麻衣が声をあげた。

えっ、感じてくれたのか。

拓也はぐっとつかんだ。ブラカップで乳首をこするように動かしてみる。

すると、

「はあっ……ああ……」

と、麻衣が甘い声を洩らす。

感じているっ。間違いなく、早乙女麻衣が感じているぞっ。

「ああ、上手なんですね、拓也さん」

麻衣がうっとりとした目で見つめている。

「あ、あの……あの……」

「いいわ……」

と、麻衣がうなずく。じかに揉みたいという気持ちが伝わったようだ。

拓也はブラカップをつかむと、ぐいっと引き下げた。すると、ぷるんっと乳房がこぼれ出た。

早乙女麻衣のおっぱいっ。いつもきわどく隠されていた早乙女麻衣の乳首だっ。

それはちょっとだけ芽吹いていた。

色は淡いピンク色で、想像を裏切らないピュアさを見せている。

「あ、ああ……ああ、乳首、ああ、麻衣の乳首……」

見たいけど、絶対見ることができなかったグラビアアイドルの乳首を前にして、拓也は固まっていた。

「ああ、見ているだけでいいの」

「い、いや……乳首、乳首……」

拓也は麻衣の乳首から目を離せない。でも、固まっていて手が動かない。

「もう、ほらっ」

じれた麻衣が拓也の手をつかみ、あらわにさせた乳房に導いた。

じかにつかむ。

「あっ」

と、拓也は声をあげた。麻衣の乳房を手のひらにじかに感じた瞬間、暴発させていた。

どくどくどくと凄まじい勢いでブリーフをたたいている。

「どうしたの」

「い、いや……」

拓也は射精しつつ、麻衣の乳房を揉んでいく。

「はあっ、ああ……」

さっきよりもっと甘い喘ぎを、麻衣が洩らす。

思わず、揉みこむ手に力が入る。

「あう、うんっ」

麻衣はじっと拓也を見つめたままだ。そのつぶらな瞳が、じわっと潤んでくるのがわかる。きっと、あそこも濡れてきているはずだ。

この俺が、早乙女麻衣を濡らしているっ。

脈動は鎮まったが、勃起したままだ。麻衣の乳房を揉んでいる間は、萎えることなどないと思った。このままずっと射精して、ずっと勃起しつづけるのだ。

「ああ、そろそろ、マネージャーが戻ってくるわ」

火の息を吐きつつ、麻衣がそう言う。

「そ、そうですか」

「ごめんね……中途半端で……」

そう言いながら、ブラカップに乳房を収め、ブラウスのボタンを留めていく。

留め終わったところで、ドアがノックされる。

すごいタイミングだ。

「どうぞ」

と、これまでなにもしていなかったような声を出す。すでに瞳から、潤みも消えていた。

すごいっ。これぞプロかっ。

「あら、さっきの方ですね」

マネージャーは、アラフォーの女性だった。

「お礼を言っていたの」

と、麻衣が言う。

「最後に握手、いいかしら」

と、麻衣がマネージャーに許可を得るように聞く。

「そうですね。握手、どうぞ」

と、マネージャーが促す。

「どうも、ありがとうございました」

と、麻衣が右手を差し出す。すごい女だと思った。

拓也の手はまだ震えていた。震える手を差し出すと、麻衣がぎゅっとつかんできた。そして、ウインクしてみせた。

拓也は一気に勃起させていた。

3

麻衣がマネージャーと出ていったあとも、拓也は控室にいた。

感激で動けなかったのだ。それに、わずかに麻衣の残り香があった。それを、くんくん嗅いでいた。

手のひらをあらためて見る。この手で早乙女麻衣の生チチをつかみ、揉み、そして感じさせたのだ。

「ああ、麻衣、麻衣っ」

手のひらの匂いを嗅ぐ。さすがに、そこに乳房の匂いは残っていなかった。

ノックもなしに、いきなりドアが開いた。

麻衣が戻ってきたのか、と笑顔を向ける。

玲奈だった。一直線に、ソファーに座っている拓也のもとにやってくる。

「今、早乙女麻衣だと思ったわよね。そして、私だったから、なんだ、という顔をしたわよね」

正面に立つと、玲奈は拓也の髪をつかみ、ぐっと引きあげ、立たせた。

「いいえっ、なんだなんて思ってませんっ」

「うそっ。早乙女麻衣じゃなくて悪かったわね。ところで、なにをしていたのかしら」

「えっ、なにって……」

「早乙女麻衣と密室でふたりきりだったんでしょう」

「そ、そうですけど、なにも……お礼を言われただけです」

「うそ。お礼なら、もう言っているはずよ。わざわざ密室に呼んだということは、早乙女麻衣にその気があったということよね」

素晴らしい推理だ。刑事になれる。

「なにもあるわけないじゃないですかっ」

声が裏返っている。なにかあった、と言っているも同然だった。

「ふうん」

と言い、玲奈が美貌を寄せてくる。早乙女麻衣に負けない美形なのだ。

「あなた、公衆の面前で堂々と早乙女麻衣に抱きついて、おっぱいを揉んだそうじゃないの」

「抱きついたんじゃなくて守っただけですっ。おっぱいなんて揉んでませんっ」

おっぱい、という言葉がさらに裏返っていた。

「ほう。おっぱい、揉ませたのね。早乙女麻衣もやるじゃないの」

「揉んでませんっ」

「どうかしら。すぐにわかるわ」

玲奈がパンツのベルトをゆるめはじめる。

「なにするんですかっ」

「証拠調べよ」

不敵な笑みを浮かべ、パンツを下げていく。そして、しゃがんだ。

玲奈の鼻先に、ブリーフがある。それはすでにもっこりしていた。玲奈が美貌を寄せてきたとき、勃起していた。

ブリーフはグレーだった。半分近く変色していた。

玲奈がブリーフに美貌を寄せてきた。くんくんと匂いを嗅ぐ。

「たくさん、出したようね」

と言うと、ブリーフを下げた。

勃起させたペニスとともに、ザーメンがどろりとあふれてくる。まだ乾いていなかった。

玲奈は舌を出すと、それを舐め取った。

「あっ、玲奈さんっ」

まさか麻衣のおっぱいを揉んで発射させたザーメンを、玲奈が舐めるとは思ってもみなかった。

「こんなに出したということは、早乙女麻衣のおっぱいをじか揉みしたのね」

「はい……そうです。じか揉みしました」

拓也は白状した。

「やっぱり、グラビアアイドルはすごいわね。おっぱい揉んだだけで、射精するなんて」

と言いつつ、鎌首を咥えてきた。じゅるっと吸ってくる。

「ああっ……」

たまらなかった。麻衣のおっぱいを揉んだ興奮が残るなか、警察署の中で、美貌の婦警に咥えられたのだ。

「ああ、すごいザーメンの味がするわ。早乙女麻衣のおっぱい揉んで、たくさん出したのね」

「出しました。すみません」

「早乙女麻衣のおっぱいはどうだったの」

と聞きながら、玲奈が立ちあがる。そして、婦警のブラウスのボタンをはずしはじめる。

「な、なにしているんですかっ」

「なにしているって、ボタンはずしているのよ。それで、どうだったの、早乙女麻衣のおっぱいは」

「それは……大きかったです」

「そんなこと、わかっているわ。乳首、見たんでしょう」

「み、見ました……」

玲奈が制服ブラウスのボタンをすべてはずした。ブラは赤だった。ハーフカップで、今にもこぼれ出しそうだ。こんなブラをつけて、駅前で市民の整理をしていたのだ。

「どうだったのかしら」

「それは……」

玲奈がブラカップを引き下げた。拓也の前に、婦警の乳房があらわれる。

玲奈の乳首は麻衣とは違い、最初からつんとしこっていた。

「色はどうだったのかしら」

「色は……その……ピンクでした」

「あら、そうなの。それで、どっちがよかったの」

やっぱり聞いてきた。玲奈はグラビアアイドルと対抗していた。ここで玲奈の機嫌を損ねては、目の前の乳房にしゃぶりつけない。

「もちろん……玲奈さんのおっぱいがよかったです」

「うそばっかり」

「本当ですっ」

「うそつきね。うそつきには、罰を与えるわ」

髪をつかむと、ぐっと胸もとに引きよせてきた。玲奈の乳房に顔面が押しつけられる。

「ううっ……」

玲奈はとても汗をかいていた。駅前での市民の整理で汗をかいたのだろう。いわば、仕事の汗だ。尊い汗に、拓也は欲情する。

拓也のほうからぐりぐりと、やわらかな乳房に顔面を押しこんでいく。

「あら、どうしたの」

なにがですか、と乳房に顔を押しつけたままで聞く。

「射精しないじゃないの。早乙女麻衣相手では、じかにおっぱいを触っただけで、射精させたのよね」

まずいっ。

今は、顔面を埋めているのだ。これが麻衣の乳房だったら、はやくも二発目を宙にぶちまけていただろう。

射精しないと、玲奈のプライドがゆるさないだろう。

出ろっ。はやく出せっ。

いつもは、興奮してすぐに出そうになるち×ぽを呪《のろ》ったが、今はまったく逆になっていた。不思議なもので、出ろっ、と思うと出ない。

「ああ、そうなのね。私のおっぱいじゃ興奮しないのね」

乳房を引き、玲奈がにらみつける。美しい黒目だけに、迫力がある。

「そんなことありませんっ。興奮しますっ。ほらっ、我慢汁が出ていますっ」

先端を指さすも、ちょっとしか出ていない。いつもなら、すでに鎌首が真っ白になっているはずだ。

「なに、これ。そんなに早乙女麻衣がいいのかしら」

玲奈が手のひらで鎌首を撫ではじめる。

「あぁっ、それ、いいですうっ」

と、警察署の中で、拓也は叫ぶ。

「声が洩れるわよ。ばかね」

と言うなり、玲奈が唇で拓也の口を塞いだ。ぬらりと舌を入れてくる。先端は手のひらで撫でつづけている。

「うう、ううっ」

拓也はうめきつつ、腰をくねらせる。

玲奈が唇と手のひらを引いた。ペニスの先端を見る。

「ぜんぜん射精しないし、我慢汁もちょっとだし、私とは別れたいのね」

「えっ、つき合っているんですかっ」

「つき合っていないわ。でも、別れたいのね」

言っていることがめちゃくちゃだが、もう二度とエッチしないのね、という意味だろう。

「別れたくありませんっ。ずっとエッチしていたいですっ」

「私はたんなるエッチ相手なのね」

と、玲奈が悲しそうな顔をする。

「違いますっ」

演技だとわかっていても、拓也は激しく否定する。

「私が早乙女麻衣なんかより、ずっといいって、ずっと興奮するって、態度で見せなさいっ、拓也っ」

そう言うと、玲奈がソファーに座った。

紺のパンツに包まれた両足をM字に立てる。さすがに、ここではパンツは脱がないようだ。

一方、拓也のほうはペニスを出している。

今、ドアをノックされたら、ペニスをしまう時間はない。

そう思うと、なぜか、ペニスがひくつきはじめる。

「あら、どうしたの。これに興奮するの」

玲奈はM字開脚に昂ったと勘違いしているようで、そのままで、パンツ越しに恥部をなぞりはじめる。

「ああ、玲奈さん」

拓也のペニスがひくつく。どろりとあらたな我慢汁が出てくる。

パンツ越しでなぞるのがじれったくなったのか、玲奈はパンツのフロントジッパーを下げると、開いたフロントから指を入れていった。パンティ越しになぞりはじめる。

「ああっ……あんっ……」

玲奈の下半身がぴくぴく動く。玲奈も警察署の中でクリを刺激していることに、かなり昂っているようだ。

右手でパンティ越しにクリを刺激しつつ、左手であらわなままの乳房をつかみ、揉みはじめる。

「はあっ、ああ……」

「玲奈さん」

拓也は無性に入れたくなる。

こんなところで入れるのは、さすがにまずいと思ったが、それだからこそ、入れたくなった。きっと玲奈も入れてほしくて、訪ねてきたに違いない。

ここは、拓也が男を見せるのだ。

拓也はソファーに近寄ると、そのまま玲奈に抱きついていった。びんびんのペニスをパンツの開いたフロントに入れていく。

「えっ、なにするつもりなのっ」

「入れるんです。入れたいですっ」

「ここじゃ、だめだよ。人が来るわ」

「構いませんっ」

と、パンティをずらし、割れ目に鎌首を当てていく。

「だめっ、入れないでっ」

と、意外にも玲奈が強く押してきた。が、これまた自分でも意外だったが、構わずペニスを突き出していく。

ずぶりと先端が入った。

「あっ……」

するると、玲奈の押しやる力が弱くなった。そのまま、ずぶずぶと入れていく。

「ああっ、だめっ」

玲奈のおま×こは、やけどしそうなくらい熱かった。なにより、大量の愛液で、どろどろだった。

肉の襞が、待ってましたとばかりにからみつき、おま×こ全体で奥へと引きずりこもうとする。

拓也は引きずられるまま、奥まで入れていく。

「あうっ、硬い……すごく硬いわ」

「ああ、おま×こ、熱いです」

子宮に届くまで深く突き刺した。

「はあっ、ああ……突いて、ああ、突いてっ、拓也っ」

今度は玲奈が大声をあげる。

「外に洩れますよ。こんなことばれたら、クビですよ」

「クビはいやよっ。ああ、この仕事、天職なのっ。ああ、口を塞いでいて」

と、はやくも、ねっとりと潤ませた瞳をからめてくる。

拓也は上体を倒し、玲奈の口を塞ぎながら、抜き差しをはじめる。

拓也の突きも力が入る。お互い、警察署の中でのエッチに異常な昂りを覚えていた。

ひと突きごとに、火の息が吹きこまれる。

「うう、ううっ」

玲奈が濡れた瞳でなにかを訴えかけてくる。

「うう、ううっ、ううっ」

口を引くと、

「いきそうなのっ」

と叫ぶ。これは間違いなく、外に洩れていた。誰も聞いていないといいが。

「突いてっ、突いてっ、いかせてっ、県警本部でいかせてっ」

さらに叫び、あわてて口を塞ぐ。そして、渾身の力をこめて、突いていく。

「うう、ううっ、ううっ」

玲奈は瞳を開いたまま、火の息を吐きかけてくる。

いく、という声を聞きたい。玲奈のいまわの声を聞きながら、拓也も果てたい。

拓也は口を引いた。するとすぐに、

「いきそうなの、ああ、いきそうなのっ」

と、玲奈が叫ぶ。

もう、口は塞がない。ほらほらっ、泣けっ、と拓也は突きまくる。

「いい、いいっ、すごい、すごいっ……」

玲奈のおま×こが強烈に締まってきた。

「ああ、出そうですっ」

「いっしょにっ、拓也、玲奈といっしょに、いってっ」

と、玲奈が叫ぶ。

「ああ、出ますっ」

「あ、ああっ……い、いく、いくいくっ」

玲奈が絶叫し、拓也も射精させた。

「おう、おうっ」

玲奈に負けないくらいの雄叫びをあげて、拓也は玲奈の中に飛沫を放つ。

「いくいくっ」

玲奈のいまわの声が県警本部中に響きわたった。

はあはあと、玲奈が荒い息を吐く。その間も、拓也のペニスは脈動を続けた。

ようやく鎮まると、玲奈がキスしてきた。ねっとりとからめ合ったあと、

「最高だったわ。この前まで童貞だったなんて、信じられないわ」

甘い息を洩らしつつ、そう言った。

「玲奈さんのおかげです。でも声、響きましたね」

「大丈夫よ。むしろみんな、私のいく声を聞けて喜んでいるわ」

妖艶《ようえん》な眼差しを拓也に向けて、玲奈がそう言いつつ、くいくいとペニスを締めてきた。

4

その夜、アイスが食べたくなり、ジャージ姿でコンビニに向かっていると、すらりと伸びたナマ足が飛びこんできた。ひと目で菜々美の足だとわかった。

相変わらずショーパンだったが、上もTシャツではなくて、タンクトップだった。剝き出しの白い肌が浮かんで見えている。

拓也ははやくも、ジャージの股間を疼かせていた。

「菜々美さん」

と、声をかけると、菜々美が振り返った。

「あら、ヒーローの登場ですね」

と、尊敬の眼差しを拓也に向けてくる。

「いや、たまたま早乙女麻衣の前に立っていただけですよ」

「えっ、なんのお話ですか」

「ヒーローって……言うから」

「いやだ。あっちのヒーローですよ」

と言いながら、菜々美が頬を赤くして、剝き出しの太腿と太腿をすり合わせる。

「あっち……」

「県警本部で、すごかったですよね」

「あっ……」

「私、報告で交通安全課にいたんですけど、玲奈さんの、いくっ、という声、響いてきましたよ」

「そ、そうなの……」

「県警本部の警察官は、みんな聞いてますね」

「お咎《とが》めはないのかな……」

「大丈夫ですよ。玲奈さんをクビにするなんて、ありえません。県警のマドンナですからね」

「そうなんだ」

「みんな、玲奈さんとやりたがっていますから」

「そ、そうなの……」

「それも警察署の中でやるのが、全警察官の夢なんです。それを、やってのけた拓也さんは今、県警管内ではヒーローですよ」

と、憧《あこが》れの俳優を見るような目で、菜々美が拓也を見つめている。

「そんな拓也さんが菜々美のはじめての人で……なんか、すごく誇らしいです」

「いや、そんな……」

菜々美が手をつかんできた。五本の指をからめてくる。

「コンビニに用でしょう」

「アイスを食べたくなって」

「菜々美もそうなんですっ」

ふたりして手をつないだまま、コンビニに入る。

まさか、二十八年間彼女がいなかった俺が、タンクトップにショーパン姿の美人と手をつないでコンビニ入る日が来るとは……。

なんか感慨深くなり、目が潤んでくる。

「どれがいいかな」

菜々美のほうは、アイスを吟味している。

「これ、拓也さん、好きそうですよね」

と、菜々美がバニラの棒アイスを手にする。

いや、それよりチョコ味のほうが、と思ったが、菜々美は棒アイスを二個持って、レジに向かう。アイスを買うと、コンビニを出た。

自然と公園に向かう。ベンチに並んで座ると、菜々美がさっそく棒アイスを食べ、いや、舐めはじめた。

それを見て、拓也さんが好きそう、と言った意味がわかった。

「あ、ああ……」

菜々美は拓也を見つめつつ、バニラの棒アイスを下から舐めあげていく。溶けたバニラが唇につく。

それをぺろりと舐めるのを見て、拓也の股間が疼く。

最初から、フェラ顔を見せる気で棒アイスを、それも我慢汁を思わせるバニラにしたのだ。

これは部屋の中だとそんなに興奮しない。舐めている場所が外だから興奮する。あちこちにベンチがあって、カップルがいたが、男の視線を、菜々美が集めている。

「ここ、好きでしょう」

と言って、裏スジあたりを舐めあげる。

「好きだよ、そこ、好きだよ」

「ここも、好きでしょう」

と、今度は棒アイスの先端を舐めてくる。

「ああ……」

自分が舐められているような気分になり、拓也は腰をもぞもぞさせる。

「咥えてくれ、ああ、菜々美さん、はやく咥えて」

はい、と菜々美が拓也を見ながら、ぱくっと棒アイスを咥えた。がぶっと先端を嚙み取る。

「あっ……」

拓也は射精そうになったが。ぎりぎり耐える。

「なんか、痛そうな顔していますね」

嚙み取った先端部分を食べつつ、菜々美が聞く。

「拓也さんも食べてください。溶けちゃいますよ」

そうだね、と拓也も棒アイスを袋から出す。拓也が食べようとすると、菜々美が愛らしい顔を寄せてきて、がぶっと先端を食べた。

「あっ」

またも、射精しそうになる。

菜々美はアイスを口に含んだまま、キスしてきた。バニラの口移しだ。

拓也は口移しされたバニラを嚥下《えんか》する。

「どう、おいしいですか」

「おいしいよ」

「もっと欲しいですか」

欲しい、と言うと、菜々美はまた、ぱくっと拓也のアイスを嚙み取り、キスしてくる。舌といっしょにバニラアイスが入ってくる。それを菜々美の舌ごと食べていく。

「あっ、溶けるよっ」

菜々美の棒アイスが溶けて、剝き出しの太腿に落ちていった。

拓也は反射的に、顔から行っていた。太腿に垂れたバニラアイスをぺろりと舐め取る。

「うそっ」

と、あちこちから、女性の声がした。

軽蔑《けいべつ》の声を聞きながら、拓也はぺろぺろと舐める。すると、菜々美がさらにバニラアイスを太腿に垂らしてくる。

それを舐め取る。バニラアイスがどんどん太腿のつけ根へと迫っていく。

菜々美が股間に貼りつくショーパンにも、バニラアイスを垂らした。拓也は迷うことなく、ショーパン越しに舐めていった。

「あっ、あんっ」

菜々美がぶるっと下半身を震わせる。

「ああ、もうだめ……今すぐ、欲しいです」

と、菜々美が言い、立ちあがると、拓也の手をつかみ、走り出す。

勃起しているペニスがブリーフからはみ出し、先端がジャージでこすられる。

「あ、あんっ」

菜々美は乳首をブラカップでこすられているのか、走りつつ甘い声をあげる。

菜々美は公衆トイレに拓也を引きずりこんだ。女性の個室に入ると、キスしてくる。そしてすぐさま、ショートパンツのボタンをはずし、下げていく。

「菜々美さん……」

黒のパンティがあらわれる。

「拓也さんも、おち×ぽ出して」

タンクトップの裾をたくしあげていく菜々美を見ながら、拓也もジャージを下げる。

「あっ、出てる」

ブリーフから先端がはみ出ている。

それを見ながら、菜々美がパンティを下げた。濃いめの陰りがあらわれる。

菜々美が手を伸ばし、ブリーフを下げた。そしてすぐさま、抱きついてくる。

いきなり、ずぶりと入っていった。

「ああっ、すごいっ」

と、菜々美が歓喜の声をあげる。

拓也は菜々美のヒップをつかむと、ぐいっと寄せつつ突いていく。

ずぶっ、と一発で子宮まで届いた。

「ひいっ」

菜々美が大声をあげる。痛みの叫びではなく、歓喜の叫びだった。

エッチ二回目にして、すでに身体はち×ぽに反応している。

菜々美のほうから、積極的に腰を動かしてくる。

「あ、ああっ、いい、いいっ、おち×ぽいいっ……ああ、玲奈さんを県警本部でよがらせたおち×ぽ、最高ですっ」

菜々美の身体が開発されたというより、玲奈をいかせたち×ぽに感じているようだ。

「ああ、すごい締めつけだよ、菜々美さん」

「いい、いいっ。突いてくださいっ。拓也さんもたくさん、菜々美を突いてっ」

拓也も力強く正面から突いていく。

「ああ、ああっ、いいっ」

菜々美のおま×こが万力のように締めてくる。このまま突きつづけると、すぐに果てそうだ、と思った拓也は体位を変えることにした。

いったん、抜くのだ。しばし、休憩だ。

拓也のほうから腰を引いていく。

「えっ、どうして……」

と、菜々美がなじるような目を向けたが、

「形を変えるんですね。さすが、拓也さんです」

と言うと、尊敬の目を向けてくる。まさか、エッチで尊敬されるとは。

「立ちバックですねよ」

菜々美がおま×こから力を抜く。すると、なかなか抜けなかったペニスが抜けた。先端からつけ根まで菜々美の愛液でどろどろだ。

「ああ、すごいくエッチです」

菜々美がその場にしゃがんだ。自分の愛敬まみれのペニスに、ためらうことなくしゃぶりついてくる。

「ああっ」

いったん休憩のつもりだったが、そんなことはさせてくれない。一気に根元まで咥え、じゅるっと吸われる。

「うんっ、うっんっ、うんっ」

今度は口で、拓也のペニスを貪り食ってくる。処女を失って間もない女とは思えない貪欲《どんよく》ぶりだ。

「あ、ああっ」

まずいっ。出そうだ。

休憩のために抜いたのに、あらたな刺激を受けて、暴発寸前となる。

拓也はあわてて口から抜こうとしたが、菜々美がそれをゆるさない。尻に手をまわし、根元まで咥えている。

「バックで入れるよ、菜々美さん」

そう言うと、はっとした顔になり、やっとフェラをやめた。唇を引くと、すっかり菜々美の唾液に塗りかわったペニスが鼻先で弾む。

「ああ、おち×ぽ、玲奈さんを県警本部でいかせた素敵なおち×ぽ」

菜々美が拓也のペニスに頰ずりしてくる。やはり、拓也が好かれているのではなく、玲奈をいかせたち×ぽが好きなだけのようだ。

まあ、ち×ぽも拓也自身だから、よしとしよう。

拓也はしばらく頰ずりさせることにした。頰ずりも刺激的ではあるが、おま×こに入れるよりは刺激は少ない。

とはいっても、菜々美の顔でこすられているわけだから、あらたな我慢汁が出てきた。それを見た菜々美が、

「あっ、ごめんなさい。拓也さん、我慢しているんですね。すぐに、菜々美に入れてください」

と言って立ちあがり、ぷりっと張ったキュートなヒップをこちらに向けてきた。

まだ休憩が欲しかったが、菜々美が、どうしたんですか、という目をこちらに向けながら、ヒップをぷりぷりうねらせている。

たまらない眺めにそそられ、拓也は尻たぼをつかむと、ぐっと開き、立ちバックでペニスを入れていく。

鎌首がすぐに茂みに到達し、そのままずぶりと入っていく。

「いいっ」

ひと突きで、菜々美が絶叫する。

遠くからサイレンの音が聞こえてきた。

「パトカーじゃないか」

動きを止めて、拓也は耳を澄ます。サイレンの音はこちらに近づいてくる。

「だめっ、止めないでっ、突いてくださいっ」

むしろ、菜々美はパトカーのサイレンに興奮している。

サイレンの音は公園まで近づき、そして消えた。

もしかして、俺と菜々美のエッチが、通報されたのでは。

「菜々美さんっ、警察が来るよっ」

「来ませんよっ。ここは個室ですよ。公然わいせつ罪にはなりません」

突いてくださいっ、と菜々美がねだる。

これはまずい気がする。逃げたほうがいいのではないか。が、菜々美のおま×こは、逃がさないわよ、と言うように、強烈に締めている。

ここは、はやく菜々美をいかせたほうがいい。拓也は覚悟を決めて突いていく。

するとまた、

「いい、いいっ、おち×ぽ、いいっ、おち×ぽ、いいのっ」

と、菜々美が叫ぶ。

5

いきなり個室のドアが開いた。

「なにがいいのかしら」

玲奈が立っていた。

「あっ、玲奈さんっ」

菜々美のおま×こがさらに締まる。拓也は動けなくなる。

「公然わいせつの現行犯で、逮捕しますっ」

そう宣言すると、

「両手を背中にまわしなさいっ」

と命じてくる。

「えっ、うそっ。そんな罪になるんですかっ」

「ここは個室ですから、公然わいせつにはあたりませんっ」

と、菜々美が叫ぶ。

「個室じゃないわ。ドア、開いているしね」

「それは今、玲奈さんが開けたんですっ」

「ううん。前から開いていたわ。よがり声が公園にひろがって、それで通報があったのよ」

「うそですっ。冤罪ですっ」

と叫ぶ菜々美のおま×こが、これ以上ないくらい締まった。

「ほらっ、両手を背中にまわしなさい」

拓也は婦警と立ちバックでつながったまま、両腕を背中にまわす。がちゃりと手首に手錠がかけられた。

その瞬間、拓也は射精していた。

「おう、おう、おうっ」

雄叫びをあげて、ザーメンを噴射させる。

すると、ザーメンを子宮で受けた菜々美も、

「いくいくっ、いくうっ」

と絶叫する。

「手錠はめられて出すなんて、なんてヘンタイなの。ヘンタイ罪も加わるわ」

「そんな罪、ありません」

「あるの。ほらっ、菜々美も両手を背中にまわしなさいっ」

「冤罪ですっ」

「それは、こっちが決めることよ」

菜々美も両手を背中にまわす。すると、すぐに細い手首に手錠がかけられる。

その瞬間、菜々美のおま×こがさらに締まった。

「おうっ、ち×ぽが、ちぎれるっ」

脈動が鎮まらないなか、ペニスを食いしめられて、拓也は叫ぶ。

「声の出しすぎよ。公園の利用者に迷惑でしょう。迷惑条例違反も加わるわ。これはもう懲役ね」

「そんなっ」

懲役と言われ、拓也は射精しつつ勃起する。

「ああっ、すごい。出しながら、大きくなってるのっ。あ、ああ、菜々美、また、いく、いくいくっ」

と、菜々美も拓也に負けじと大声をあげる。

「そんなにすごいのかしら」

玲奈が羨ましそうに、菜々美を見る。

「すごいですっ。玲奈さんも試してみてくださいっ」

と、菜々美が言う。すると、そうね、と言うと、玲奈がその場で制服のズボンを下げはじめた。

いきなりすけすけのパンティがあらわれる。フロント極小で、Ｔバックだ。

「昼間と違いますね」

「当たり前でしょう。替えのパンティよ」

替えのパンティがエロい。とても警察官とは思えない。

玲奈は拓也の腕をつかむと、背後に引いた。

「あっ、いやっ、出ちゃうっ」

菜々美の女穴からペニスが出る。

「ああ、すごく大きいわ。さあ、入れなさい」

と言うと、玲奈が女子トイレの壁に両手をつき、むちっと熟れた双臀《そうでん》を突き出してきた。

「Tバックずらさないと、入れられません」

と、拓也が言う。後手に手錠をかけられたままだから、こちらからはなにもできない。

そうね、と言いつつ、玲奈がTバックを尻の狭間から出す。そして、玲奈自ら両手で尻たぼをぐっと開いてみせた。

「入れて」

割れ目が見える。

「ここで入れたら、本当の公然わいせつ罪です」

「トイレの中だからいいのよ」

「えっ、さっきはだめだってっ」

「そんなこと言ったかしら。どうにでもなるのよ」

「そんなっ」

「はやく入れなさいっ」

はいっ、と拓也はペニスを突き出していく。玲奈が胴体をつかみ、割れ目に導く。先端が割れ目に触れた。そのまま、突き出していく。

「いいっ」

一撃で、玲奈が絶叫していた。

もちろん、公園中に響いていた。

※この作品は「紅文庫」のために書下ろされました。

紅文庫

# 乱《みだ》れる交番女子《こうばんじょし》

八神淳一

2023年7月15日　第1刷発行

企画／松村由貴（大航海）
DTP／遠藤智子

編集人／田村耕士
発行人／長嶋博文
発売元／株式会社ジーウォーク
〒153-0051 東京都目黒区上目黒1-16-8 Yファームビル6F
電話 03-6452-3118
FAX 03-6452-3110

印刷製本／中央精版印刷株式会社


ISBN978-4-86717-582-8